Peter James est né en 1948, à Brighton. Après plusieurs années passées aux États-Unis en tant que scénariste et producteur de cinéma, il est retourné s'installer en Angleterre où il partage désormais son temps entre sa maison du Sussex et celle de Notting Hill. Peter James compte parmi les auteurs de romans policiers les plus lus du Royaume-Uni et est également propriétaire d'une société de production. *Comme une tombe* (Éditions du Panama, 2006), son premier ouvrage mettant en scène le commissaire Roy Grace, a reçu le prix Polar international 2006 du Salon de Cognac et le prix Cœur Noir 2007. Les aventures de Roy Grace se poursuivent avec *La mort leur va si bien* (Éditions du Panama, 2007), *Mort... ou presque* (Éditions du Panama, 2008), *Tu ne m'oublieras jamais* (Fleuve Noir, 2010), *La mort n'attend pas* (Fleuve Noir, 2011) et *À deux pas de la mort* (Fleuve Noir, 2012). Tous sont repris chez Pocket. Son dernier roman, *Aux prises avec la mort*, a paru en 2013 aux éditions Fleuve Noir.

Retrouvez toute l'actualité de l'auteur sur :
www.peterjames.com

LE CRIME PARFAIT

DU MÊME AUTEUR
CHEZ POCKET

LES ENQUÊTES DE ROY GRACE

COMME UNE TOMBE
LA MORT LEUR VA SI BIEN
MORT… OU PRESQUE
TU NE M'OUBLIERAS JAMAIS
LA MORT N'ATTEND PAS
À DEUX PAS DE LA MORT

LE CRIME PARFAIT

PETER JAMES

LE CRIME PARFAIT

*Traduit de l'anglais
par Raphaëlle Dedourge*

POCKET

Titre original :
THE PERFECT MURDER

Pocket, une marque d'Univers Poche,
est un éditeur qui s'engage pour la préservation
de son environnement et qui utilise du papier fabriqué
à partir de bois provenant de forêts gérées
de manière responsable.

Le Code de la propriété intellectuelle n'autorisant, aux termes de l'article L. 122-5, 2° et 3° a, d'une part, que les « copies ou reproductions strictement réservées à l'usage privé du copiste et non destinées à une utilisation collective » et, d'autre part, que les analyses et les courtes citations dans un but d'exemple et d'illustration, « toute représentation ou reproduction intégrale ou partielle faite sans le consentement de l'auteur ou de ses ayants droit ou ayants cause est illicite » (art. L. 122-4).
Cette représentation ou reproduction, par quelque procédé que ce soit, constituerait donc une contrefaçon, sanctionnée par les articles L. 335-2 et suivants du Code de la propriété intellectuelle.

© 2013 Pocket, un département d'Univers Poche,
pour la traduction française.
ISBN : 978-2-266-22413-0

1

L'idée de tuer sa femme ne lui était pas venue subitement. Victor Smiley n'avait d'ailleurs pas pour habitude d'agir sur un coup de tête. Il était plutôt du genre à tout planifier à l'avance, à visualiser chaque étape l'une après l'autre.

Petit à petit.

Victor ne prenait aucune décision sans peser le pour et le contre. Ce qui avait le don d'exaspérer Joan, sa femme, presque autant que ses ronflements. Pour plaisanter, elle avait un jour dit que « petit à petit » serait sans doute son épitaphe. Et qu'il mourrait certainement *petit à petit*.

À 42 ans, Victor dissimulait sa calvitie naissante sous une mèche rabattue en avant. Il était diabétique et avait de la brioche. À 40 ans, Joan était grassouillette, avec un double menton. Quand ils s'étaient rencontrés, Joan l'avait trouvé joli garçon et Victor l'avait trouvée hypersexy.

Ils vivaient dans une rue calme de Brighton. Leur petite maison, en mitoyenneté, donnait sur une vallée hérissée de lotissements. Au-delà ondulaient les verdoyantes collines des Downs.

Ces jours-ci, Victor et Joan passaient la majeure partie de leur temps à se disputer. Victor s'était brouillé avec tous leurs voisins successifs. Joan, ça la rendait dingue. Elle s'en prenait à lui plusieurs fois par jour, presque tous les jours.

Hier, elle lui était tombée dessus à cause du téléviseur qu'il venait d'acheter – qui occupait la moitié de leur salon. Lui l'avait engueulée, car elle avait dépensé une fortune pour s'offrir un nouveau four – selon lui, l'ancien fonctionnait très bien.

Le soir, ils s'étaient disputés parce qu'elle voulait faire refaire le sol de la cuisine. Lui aimait bien le revêtement existant. *Il peut encore durer des années*, ajouta-t-il.

Ils s'accrochèrent une nouvelle fois au beau milieu de la nuit, à cause des ronflements.

Jusqu'à récemment, Victor ne ronflait pas. Elle le réveillait désormais quasiment toutes les nuits pour lui demander d'arrêter. *J'ai l'impression de dormir avec un éléphant*, râlait-elle.

Elle se réfugiait de plus en plus souvent dans la chambre d'amis, histoire de grappiller quelques heures de sommeil. Elle se levait à grand-peine, s'enroulait dans une couverture et se traînait jusqu'au lit simple, dur comme du bois.

Ils s'étaient rencontrés à un cours de swing, qui se tenait dans l'église de Brighton. À l'époque, Victor avait 21 ans. Il étudiait l'informatique à l'université technique et vivait chez sa mère, veuve. Joan était standardiste dans une compagnie de taxi et vivait chez ses parents. Un ami de Victor lui avait affirmé que ces cours, c'était un super-plan pour rencontrer des « petites pépées ». Une copine de Joan lui avait confié que c'était un super-endroit pour rencontrer des hommes bien.

Malgré sa timidité et sa maladresse sur la piste de danse, Victor avait l'air bien sous tous rapports.

— Mais tu as deux pieds gauches ! lui avait lancé Joan quand il l'avait invitée à danser.

Toi, tu as de sacrés seins et de sacrées jambes, s'était-il dit en manœuvrant de façon à dissimuler son érection.

Joan l'avait trouvé drôle, tendre et très mignon. Il avait du pep. Selon elle, il irait loin. Elle avait ignoré les conseils de ses parents – son père lui avait trouvé un air paresseux et sa mère un regard « lubrique ».

Victor n'avait jamais croisé une créature aussi adorable. Une vraie pin-up. L'une de ces filles en double page des magazines, dont il accrochait le poster au mur de sa chambre, adolescent, et qu'il désirait si fort. Il avait bien sûr vérifié si elle avait les hanches assez larges pour porter un enfant. Il était tombé des nues quand elle avait accepté de sortir avec lui. Un peu plus tard, lors de la première rencontre avec ses parents, il avait étudié attentivement sa mère. Il avait lu quelque part que les filles vieillissaient comme leur mère. *Nom d'une pipe en bois !* La quarantaine bien entamée, la mère de Joan était encore très à son goût. Pas de souci de ce côté. La mère et la fille répondaient à toutes ses attentes.

Le jour de leur mariage, Joan avait imaginé leur vie dans vingt ans. Victor serait un homme d'affaires influent, ils auraient quatre enfants – deux garçons et deux filles – et vivraient dans une imposante villa avec piscine. Victor s'était dit que, dans vingt ans, Joan serait encore mince et sublime, et qu'ils feraient toujours l'amour deux fois par jour. Des gosses ? Volontiers, s'ils n'interféraient pas trop avec leur vie. Surtout leur vie sexuelle.

Dix-neuf ans plus tard, Victor était dans une impasse professionnelle et ils habitaient toujours dans la même maison modeste. Ils n'avaient eu aucun enfant. Leur chat roux, Gregory, les détestait cordialement.

Joan n'avait pas envie de continuer comme ça. Ils étaient tous les deux malheureux. Elle ne voulait pas de cet avenir-là.

Ils étaient en désaccord sur tout. Ils se disputaient même la nuit. Victor voulait laisser la fenêtre ouverte – impossible pour lui de dormir dans une chambre mal aérée. Joan, elle, était incapable de trouver le sommeil dans une pièce trop froide.

Le pire, c'était au restaurant. Depuis longtemps, ils sortaient le samedi. Redoutant de plus en plus ces soirées, Joan s'arrangeait pour qu'un couple les accompagne. Le problème, c'est qu'ils finissaient toujours par s'engueuler, tant et si bien que plus personne n'acceptait leur invitation. Sauf Ted et Madge, qui n'avaient pas d'autres amis.

Chaque fois, Victor consacrait de longues minutes à la lecture de la carte, puis demandait au serveur de détailler chaque plat. Après quoi il commandait en général quelque chose qui n'était pas au menu. Quasiment toujours la même chose : des crevettes cocktail, un steak et des frites. Il n'aimait que ça. Même quand ils allaient dans un restaurant chinois – Joan et Madge étaient fans – ou indien – pour faire plaisir à Ted –, Victor commandait ses satanées crevettes cocktail, son steak et ses frites, puis se fendait de remarques à caractère raciste, à voix basse, quand le serveur s'excusait de ne pas proposer ces mets.

— Moi, je veux des trucs que j'ai jamais à la maison ! lançait-il tout haut.

Puis, faisant un clin d'œil à Ted et donnant un coup de coude à Madge, il ajoutait :

— Dommage qu'ils n'aient pas des pipes à la carte, parce que j'y ai pas droit non plus !

Ted éclatait de rire.

— Nous, on n'a pas ce problème, pas vrai, chérie ? gloussait-il en caressant la cuisse de sa femme sous la table.

Madge rougissait et confirmait fièrement :

— C'est un chaud lapin, mon mari !

Joan, confuse, présentait ses excuses au serveur. Elle aurait aimé ajouter : « Je suis désolée d'être venue avec ce nabot imbu de sa personne, ventripotent, qui cache sa calvitie sous une affreuse mèche. Désolée pour son costume hideux et son horrible cravate. Il était mince, et plutôt bel homme, quand je l'ai épousé. »

Mais elle n'osait pas.

À la place, elle houspillait son mari.

— Tu ne peux pas commander autre chose, pour une fois ? Découvrir un plat que tu ne connais pas !

— Ce que j'aime, c'est le steak-frites, répondait-il systématiquement. Pourquoi choisir quelque chose qui ne me plaira peut-être pas ? Si ça tombe, c'est mon dernier repas.

Mon Dieu, oui, faites que ce soit vrai ! priait Joan de plus en plus souvent.

C'était la même chose en matière de livres et de téléfilms. Victor ne lisait que des romans policiers et ne regardait que des séries policières. Il avait un faible pour Sherlock Holmes, avait lu tous les bouquins, plusieurs fois, et vu toutes les adaptations, au cinéma et à la télévision. L'acteur qui, selon lui, incarnait le mieux son héros, c'était Basil Rathbone.

Victor avait une opinion arrêtée sur tout, y compris en matière de conduite. Il ne parlait jamais en conduisant, car, comme il n'arrêtait pas de l'expliquer à Joan, c'était dangereux.

— Ralentis ! gémissait-elle sans arrêt.

— Tais-toi ! répondait-il. Comment veux-tu que je conduise si tu me parles ? C'est ça, qui est dangereux !

Victor fumait des cigares, mais, pour une raison ou pour une autre, il ne considérait pas les cigares comme dangereux.

— Les cigarettes, oui, mais pas les cigares ! prétendait-il.

Il se moquait de savoir qu'ils lui laissaient une haleine de dragon. Au début, quand ils étaient amoureux, Joan n'y voyait aucun inconvénient. Elle le traitait de chaud lapin et adorait son haleine de fumeur. Quelques années plus tard, quand ils ne faisaient l'amour plus que le dimanche matin, et qu'il ne s'était pas rasé depuis vendredi, elle le comparait, affectueusement, à un porc-épic cracheur de feu.

À sa connaissance, aucune des jolies filles du Boudoir des Coquines de Brighton ne s'était plainte de son haleine. Elles ne rechignaient jamais à lui prodiguer une fellation. Elles l'attachaient, le fessaient et lui répétaient, à l'envi, qu'il était un vilain garçon.

Après chacune de ses visites au Boudoir, il rentrait chez lui et rejoignait au lit sa femme endormie, qui grossissait à vue d'œil. Il lisait un roman policier, pensait aux sites Internet, consacrés aux poisons, qu'il avait consultés dans la journée, et s'endormait chaque soir en rêvant d'un avenir meilleur.

Quand il était jeune, Victor avait travaillé dans une entreprise, située près de Brighton, qui fabriquait des peintures pour l'industrie automobile. Le cyanure, un poison mortel, entrait dans la composition de certains produits. Un soir, tard, après le boulot, il en avait volé une bouteille. Pendant des années, il l'avait cachée parmi les désherbants et autres produits chimiques qu'il stockait dans son cabanon.

Ces derniers temps, exaspéré par sa femme, il lui arrivait de plus en plus souvent de s'asseoir devant ce poison et de le contempler. En rêvant de passer à l'action.

L'idée de tuer Joan avait donc germé, non pas en quelques jours, quelques semaines, ou quelques mois, mais au cours de ces deux dernières années.

Ce qu'il ne savait pas, c'est qu'au cours de la même période, Joan avait elle aussi commencé à planifier son assassinat.

2

Victor n'avait prêté aucune attention aux signes, qui, pourtant, s'étaient accumulés. Petit à petit.

Leur relation s'était détériorée quand Joan avait eu du mal à tomber enceinte. Pendant quelques années, ils avaient multiplié les tentatives, ce qui n'était pas pour déplaire à Victor. Puis ils avaient fait le tour des docteurs. On leur avait expliqué que, d'une part, Victor avait peu de spermatozoïdes et que, d'autre part, le mucus génital de Joan était hostile à toute fécondation. Ils s'étaient rejeté la faute mutuellement. Joan reprochait à Victor son manque de virilité, affirmant que les hommes, les vrais, avaient une bite qui fonctionnait normalement. Celui-ci lui répondait que les femmes, les vraies, n'avaient pas besoin de 65 millions de spermatozoïdes pour tomber enceinte – un seul suffisait.

Ils s'étaient mis à faire l'amour de moins en moins souvent, puis avaient purement et simplement arrêté, sauf le dimanche matin, et encore, pas toutes les semaines. Victor avait cherché du réconfort au Boudoir des Coquines. Joan s'était trouvé un amant. Quand il n'était pas disponible, elle compensait avec du chocolat et des gâteaux à la crème. Parfois, elle faisait un détour par le supermarché, après le boulot, achetait du vin blanc en promotion et descendait la bouteille.

Le premier indice que Victor aurait pu intercepter, indiquant que Joan avait un nouvel homme dans sa vie, fut sa coupe de cheveux. Dans un premier temps, il ne remarqua rien. Vu qu'elle avait grossi, il la regardait de moins en moins.

Il était assis devant la télé, canette de bière à la main ; le chat lui lançait des regards obliques à travers le salon. Il regardait *Meurtre dans un presbytère*, un Miss Marple. Joan vint s'asseoir dans la pièce. Elle lisait un de ces romans à l'eau de rose qu'elle affectionnait. Pendant une bonne demi-heure, Victor se demanda ce qui avait changé chez sa femme.

Et soudain, il percuta. La longue chevelure brune qu'elle arborait depuis leur mariage, soit depuis dix-neuf ans, avait disparu. Joan avait opté pour une coupe courte, moderne, effilée. Victor décréta que c'était une coiffure de camionneuse. Joan répliqua que c'était une coupe à la mode, et qu'il était vieux jeu.

Deuxième indice, auquel il n'avait prêté aucune attention (jusqu'à ce qu'il reçoive son relevé bancaire, à la fin du mois) : elle s'était mise à acheter de la lingerie en soie hors de prix. Puis elle s'était offert de nouvelles tenues. Tous ces achats étaient effectués avec leur carte bancaire, ou plutôt, sa carte bancaire, à lui, car ce n'était pas avec son boulot de caissière à temps partiel qu'elle renflouait les caisses. Il lui reprocha ses dépenses. Elle lui répondit qu'elle avait décidé de travailler, bénévolement, pour des associatives caritatives, afin de se rendre utile. Et elle devait être présentable lors des réunions.

Tous les soirs, les réunions s'éternisaient. « J'aide les défavorisés », lui disait-elle. Elle rentrait tard. Le laissait réchauffer son assiette au micro-ondes. Lui regardait les matchs et les séries policières, ce qui lui convenait plutôt bien. Hormis les dépenses somptuaires.

Elle claquait plus qu'il ne gagnait. Il dut puiser dans son épargne, ce qui n'était pas, mais pas du tout, ce qu'il avait prévu. Il avait d'autres projets que d'acheter des fringues pour sa femme. Des projets bien plus excitants !

Joan avait affirmé que c'était bien qu'ils aient, l'un et l'autre, des centres d'intérêt différents. Elle lui avait gentiment caressé les cheveux, l'invitant à profiter de ses soirées télé tandis qu'elle sauvait le monde.

Au début, ils y avaient trouvé leur compte. En faisant abstraction du trou dans leur budget.

Victor dirigeait le service informatique de Stanley, Smith & Sons, le neuvième fabricant de boîtes d'œufs du pays. Joan étant occupée le soir, il s'accordait une ou deux pintes de Harveys, la bière locale, au pub Font and Firkin, après le travail. Il sortait griller une cigarette avec les autres fumeurs et déballait ce qu'il avait sur le cœur.

Deux fois par semaine, lorsqu'il était suffisamment ivre pour surmonter sa timidité naturelle, il faisait un détour par le Boudoir des Coquines, près de Silwood Street, pour une petite partie de jambes en l'air. Puis il rentrait chez lui. Tandis que son plat chauffait au micro-ondes, il mesurait sa glycémie et s'injectait une dose d'insuline. Puis il regardait une rediffusion de l'*Inspecteur Morse* ou d'*Hercule Poirot*, content de lui.

Il s'était épris d'une des filles du Boudoir. Une

certaine Kamila. Elle avait une crinière blonde et un corps svelte. Elle s'était réfugiée à Brighton pour échapper à son petit ami, Kaspar, qui la battait. Dans la minuscule chambre, avec l'édredon rose, les tarifs accrochés au mur (branlette, fellation, coït, supplément pour les baisers) et les films pornos qui tournaient en boucle sur le petit téléviseur, il l'écoutait lui raconter sa vie. Un soir, après dix minutes d'accouplement, il lui avait annoncé qu'il était prêt à l'aider.

Kamila lui avait répondu qu'elle l'aimait bien. Qu'elle se sentait en sécurité avec lui, qu'elle le trouvait viril. Ça lui avait plu. Joan ne lui avait jamais dit qu'elle le trouvait viril.

Il avait décidé de donner plus d'argent à Kamila, de l'aider à refaire sa vie à Brighton. Il voulait la protéger de Kaspar, son petit ami violent. En d'autres mots, il avait l'intention de refaire sa vie avec elle.

Avant chaque fellation, Kamila lui confiait que refaire sa vie avec lui était son idée du bonheur. Et, chaque fois, il lui donnait un pourboire de plus en plus généreux. Ce qui n'arrangeait pas sa situation financière. Il avait du mal à rembourser l'hypothèque de leur maison. Le découvert se creusait, car Joan n'arrêtait pas de faire les courses, mais aussi d'acheter des dessous affriolants, de nouvelles tenues et d'entretenir sa coupe chez un coiffeur chic. Jusqu'à présent, il s'en était sorti, car le directeur de sa banque était compréhensif – depuis le jour où il l'avait croisé au Boudoir. Mais celui-ci avait été muté et son remplaçant était implacable : « C'est la crise, fini les découverts. »

Au final, il n'avait que deux alternatives : réduire le nombre de visites au Boudoir et supprimer les pourboires à Kamila ou empêcher Joan de tout claquer.

Facile. Il désactiva leur carte de crédit sans la prévenir. Ce soir-là, elle lui hurla dessus, affirmant que sa carte avait été refusée chez Boots et qu'elle avait eu la honte de sa vie. Elle le traita de gros tas paresseux. Ses parents avaient raison, elle aurait dû les écouter !

Victor ignora la scène. Il regardait *Meurtre au champagne*, l'adaptation d'un Agatha Christie. L'actrice buvait un verre de cyanure et mourait, en direct, à la télévision. Il se demanda comment réagirait Joan s'il lui faisait boire un verre de cyanure. Ce qu'il ne savait pas, c'est que Joan fantasmait sur sa mort à lui.

3

Don Baxter était chauffeur de taxi, donc sa femme ne savait jamais où il se trouvait. Ce qui n'était pas plus mal, vu qu'il avait consacré ses derniers mois à baiser Joan. Tantôt la journée, tantôt la nuit, ils se retrouvaient dans le petit studio d'un ami travaillant dans le pétrole aux Émirats.

Avec lui, Joan avait l'impression d'avoir 20 ans.

L'épouse de Don avait perdu tout intérêt pour les relations sexuelles après la naissance de leur second enfant, qui avait aujourd'hui douze ans. Avec Joan, il rattrapait le temps perdu. Ces trois derniers mois, il avait gagné douze années. Il n'était jamais rassasié et elle non plus. Ses formes généreuses lui plaisaient. Surtout ses gros seins. Il lui avait dit que son corps était *mûr à point*.

Don était grand, et gâté par la nature. Quand elle était au lit avec Victor, Joan souriait en pensant à son amant. Elle avait hâte d'être au lendemain, pour le retrouver. Don avait été boxeur, puis maçon, puis taxi. Il faisait de la musculation, soulevait de la fonte, pour avoir des abdominaux et des biceps en béton. Et il n'y avait pas qu'eux, qui étaient durs, songeait-elle, avec malice.

Don n'avait jamais rencontré Victor, mais il ne ratait pas une occasion de le critiquer. Le pire étant la façon dont Victor gagnait sa vie. Don ne supportait pas la cruauté envers les animaux. Or, avait-il expliqué à Joan, l'entreprise pour laquelle Victor travaillait faisait des boîtes à œufs pour des poules élevées en batteries. Ce type d'élevage était immoral, Victor était un vendu.

Joan lui trouvait mille et une qualités. Elle admirait sa droiture. Victor n'avait aucune éthique. Don n'hésitait pas à sortir des sentiers battus. Il ne marchait pas sur des œufs, lui !

Don aimait bien picoler. Un soir où elle était rentrée un peu éméchée, Joan avait pris Victor à partie. C'était indécent de gagner sa vie sur le dos de pauvres bêtes. Que comptait-il faire ?

— Je ne suis pas le gardien des valeurs de la nation, avait-il répliqué. Si je démissionne, quelqu'un fera le boulot à ma place.

Qui plus est, les entreprises étaient toutes en train de licencier, ce n'était pas le moment de changer de travail.

Plus elle aimait Don, plus elle détestait les week-ends, surtout les dimanches. Don était chez lui, avec sa femme et ses enfants, et elle était coincée avec Victor. À défaut d'accélérer le temps, elle avait trouvé un moyen d'énerver Victor. Elle avait acheté le DVD de *Chicken Run*, l'histoire d'une poule qui décide de s'évader de la basse-cour. Elle le regardait, sur leur téléviseur, entre deux séries policières ou matchs de foot.

Chaque fois qu'elle le visionnait, Victor montait sur ses ergots.

Donc elle le passait en boucle.

4

Ces deux dernières années, Victor redoutait les dimanches au moins autant que Joan, car il ne pouvait pas voir Kamila. Il passait la majeure partie de sa journée dans le jardin et sous la serre. Parfois, il s'asseyait dans son cabanon et fixait la bouteille de cyanure, toute poussiéreuse. Pour tuer le temps. Pour tuer Joan, symboliquement. Le seul avantage du dimanche, c'était qu'il débouchait immanquablement sur un lundi.

En ce lundi de février, Victor se leva, comme d'habitude, à 6 h 30. Joan était encore endormie. Il se doucha et se rasa en chantonnant le thème des *Briseurs de barrages*, son air préféré quand il était de bonne humeur. Et, ces derniers temps, il l'était toujours le lundi matin.

Il passa soigneusement son déodorant sous ses aisselles et aspergea son corps flasque d'eau de Cologne. Il ajusta sa mèche, enfila un slip propre et son plus beau costume, avant de nouer sa plus belle cravate.

Pour une raison ou pour une autre, l'air des *Briseurs de barrages* exaspérait Joan. Du coup, il le fredonna avec entrain en lui apportant une tasse de thé au lit, avant d'allumer la télévision. Ensuite, il lui rappela qu'elle devait arrêter les dépenses, sinon, ils n'arriveraient pas à joindre les deux bouts. Il la quitta avant qu'elle soit suffisamment réveillée pour riposter. Et se remit à chanter.

L'usine Stanley Smith se trouvait dans un bâtiment à un étage, dans une zone industrielle au nord de Brighton. Victor salua quelques collègues, se servit un café et piqua un biscuit dans un paquet oublié. Puis il trotta d'un pas léger vers son petit bureau.

Et là, tranquillement, à l'insu de Joan, il utilisa ses maigres économies pour contracter une assurance vie au nom de sa femme. Sa mort lui rapporterait un beau petit pactole. Assez pour rembourser ses dettes, voir venir et… envisager un bel avenir avec Kamila !

Victor Smiley n'était pas le « chef du service informatique », comme le laissait penser sa carte de visite, mais plutôt le comptable chargé des feuilles de paye. C'était lui qui produisait les comptes mensuels. En général, il n'avait rien à faire, car la plupart des salariés se contentaient de surveiller les machines qui assuraient la fabrication des boîtes d'œufs. Personne ne remarquait qu'il coinçait la bulle toute la sainte journée, car il prenait garde à avoir l'air occupé.

Car, de fait, occupé, il l'était. Il passait ses journées à se documenter sur Internet. À lire des articles pour étoffer ses projets. Des histoires d'arnaque à l'assurance, par exemple.

Il remarqua d'ailleurs rapidement que les assureurs n'étaient pas idiots. Quand un mari souscrivait à une assurance vie pour sa femme et que celle-ci disparaissait quelques semaines plus tard, ils menaient l'enquête et le mari finissait par être accusé du meurtre.

Il décida donc qu'il serait judicieux d'attendre. D'être patient, même si cela lui coûtait. Il se débarrasserait de Joan dans un an. Kamila aussi allait devoir patienter. L'avantage, considérable, c'est que cela lui laissait du temps pour réfléchir et planifier.

Il allait s'accorder une année entière pour mettre au point le crime parfait.

Et donc, chaque jour, il gérait les tâches les plus urgentes, puis surfait sur le Web.

Dans Google, il tapait les mots « crime » et « parfait ».

Puis « poisons ».

Puis « détection des poisons ».

Toutes les informations dont il avait besoin étaient à portée de main. Il prenait des notes, montait un dossier. Au final, il se retrouva avec une liste de 22 règles à respecter, les plus importantes étant :

Règle numéro 1 : ne pas avoir de casier judiciaire.

Règle numéro 2 : ne pas avoir de mobile évident.

Règle numéro 3 : être prudent.

Règle numéro 4 : les taches de sang étant difficiles à éliminer complètement, éviter.

Règle numéro 5 : les poisons pouvant être détectés à l'autopsie, éviter.

Règle numéro 6 : l'étouffement à l'aide d'un sac plastique ne laisse aucune trace.

Règle numéro 7 : se débarrasser du corps.

Règle numéro 8 : n'en parler à personne, jamais !

Règle numéro 9 : ne pas oublier que des milliers de personnes disparaissent chaque année.

Règle numéro 10 : être prêt à tout nier : pas de corps, pas de preuve.

Règle numéro 11 : simuler le chagrin.

Règle numéro 12 : attendre avant de s'afficher avec une nouvelle compagne.

Victor avait hâte de cocher toutes les cases de sa liste. Son plan prenait forme. Il entreprit de le coucher sur papier. Étape par étape. Chaque fois qu'il le relisait, il fredonnait gaiement, fier de lui. C'était un bon plan. Un plan de génie ! Il le baptisa : « plan A ».

Un beau jour, son boss – à savoir le fils du fondateur, le « & Fils » de « Stanley Smith & Fils » – entra dans son bureau. Rodney Smith était un arriviste fort désagréable ; il conduisait une Porsche dorée. Selon la rumeur, il baisait sa secrétaire. Smith lui annonça, désolé, que les ventes ayant baissé et les coûts ayant augmenté, l'entreprise devait se serrer la ceinture. Victor était licencié.

Il recevrait une allocation de chômage calculée à partir de son ancienneté. Une semaine et demie pour chaque année passée dans l'entreprise. Seize ans. Soit six mois d'indemnités.

Sous le choc, Victor descendit cinq pintes et quatre whiskies au Font and Firkin. Il avait prévu de garder cette nouvelle pour lui, mais il était tellement ivre qu'il lâcha le morceau sitôt arrivé. Folle de rage, Joan le traita de bon à rien.

Le lendemain matin, Victor arriva au travail avec une sacrée gueule de bois. Il calcula combien de fois il pourrait aller au Boudoir, avec six mois de salaire et ses économies. Il réalisa que s'il n'avait plus besoin d'un budget « vie courante », il pourrait offrir de plus beaux pourboires à Kamila.

Pour des raisons économiques, Joan allait devoir disparaître plus tôt que prévu.

Il n'avait pas le choix. Il ne disposait pas du temps nécessaire pour mettre en place son plan A. Il allait devoir opter pour le plan B.

Sauf qu'il n'en avait pas, de plan B.

Lui, non. Mais Joan, oui.

5

C'est cette nuit-là que Victor trouva la solution à tous ses problèmes. Comme souvent, Joan le réveilla vers 2 heures du matin en lui tambourinant sur la poitrine.

— Arrête de ronfler ! lui intima-t-elle.

À 4 heures, elle le réveilla une nouvelle fois et sortit du lit.

— Nom de Dieu, Victor, c'est de pire en pire ! Qu'est-ce que tu as dans la gorge ? Des trompettes ?

Il marmonna quelques mots d'excuse, l'entendit claquer la porte de leur chambre, puis celle de la chambre d'amis. Et soudain, il eut une idée, qui le maintint éveillé.

Joan se plaignait sans cesse au sujet de la petite pièce dans laquelle elle se réfugiait, quand il l'empêchait de dormir. Elle la trouvait hideuse, et elle n'avait pas tort. Les murs étaient d'un marron indéfinissable et les rideaux, peu épais, étaient dévorés par les mites. C'était la seule pièce qu'ils n'avaient pas rénovée quand ils avaient acheté cette maison. Au début, ils s'étaient dit que ce serait la chambre de leur premier enfant. Mais ils n'en avaient jamais eu.

Donc il y avait toujours le vieux lit une place que les anciens propriétaires avaient laissé. C'était une petite pièce toute triste.

Joan montait régulièrement au créneau, lui rappelant qu'il était grand temps de réhabiliter cette chambre. Faire quelque chose au cas où des amis aimeraient y passer la nuit. Ou du moins la décorer pour elle, qui s'y réfugiait chaque fois qu'il ronflait trop fort. Cela faisait des années qu'elle le relançait.

Et maintenant, il avait la réponse à ses deux problèmes : d'une part il repeindrait la chambre pour faire plaisir à sa femme, et d'autre part il tenait son plan B !

Trop excité pour se rendormir, il enfila sa robe de chambre et descendit dans la cuisine. Il se prépara une tasse de thé sans faire de bruit, pour ne pas réveiller Joan, puis monta dans son bureau, alluma son ordinateur, se connecta sur Internet et entra le mot « cyanure » dans Google.

Comme chaque fois qu'il faisait cette recherche, des centaines de pages s'affichèrent. Cette nuit-là, il affina sa recherche, tapa « cyanure d'hydrogène » et lut avidement tout ce qui lui tomba sous la main. Plus il en apprenait, plus il se réjouissait. Il lut certains passages plusieurs fois, pour les retenir par cœur. Règle 52 : ne pas laisser de traces.

Voici ce qu'il mémorisa :

L'intoxication au cyanure dépend de la quantité absorbée. Inhaler du cyanure d'hydrogène peut se révéler très dangereux, surtout si la personne se trouve dans un espace clos. Pour certains, le cyanure d'hydrogène dégage une légère odeur d'amande amère. Le cyanure est présent dans certains pigments, notamment le bleu de Prusse.

Victor se fendit d'un immense sourire. C'était l'une des couleurs préférées de sa femme.

6

Joan se demanda quelle mouche avait piqué Victor. Ce week-end-là, il ne regarda pas ses sempiternelles séries policières, ne traîna ni dans la serre ni dans son cabanon : il consacra ces deux jours à rénover la chambre d'amis.

— Pour toi, mon ange ! lui annonça-t-il. Tu as tout à fait raison. Cette pièce a été délaissée pendant trop longtemps. Je vais la rendre magnifique, parce que tu le vaux bien.

Il ne l'autorisa pas à entrer, pour lui réserver la surprise.

— Pas avant que ce soit terminé, mon trésor !

De temps en temps, il sortait en toussant et en crachant. Il portait un masque, qu'il remontait sur son front, et une combinaison blanche, à capuche, couverte de taches de peinture. Joan songea aux combinaisons en cellulose que portaient les techniciens de scènes de crime qu'on voyait parfois au journal télévisé.

— J'ai choisi ta couleur préférée ! s'exclama-t-il.
— Bleu de Prusse ?
— Comment l'as-tu deviné ? Tu as triché ?

— Tu es couvert de taches, fit-elle remarquer d'un air supérieur.

— Et je vais installer de nouveaux stores ! poursuivit-il, rayonnant.

— Qui tomberont à la première occasion, répliqua-t-elle. Tout ce que tu dresses finit par tomber.

Comme ta toute petite bite, faillit-elle ajouter.

Victor resta de marbre. Cela lui était bien égal, désormais. Après quelques nuits dans cette chambre, fenêtre fermée, elle ne le mépriserait plus jamais.

Bien sûr, ils trouveraient des traces de cyanure, à l'autopsie. Mais les fabricants de la peinture seraient tenus responsables. On les accuserait d'avoir commercialisé un lot trop fortement dosé. Il aurait juste à se débarrasser des pots, ce qui ne serait pas compliqué.

Dimanche soir, quand il eut terminé, il laissa la fenêtre de la chambre ouverte. Il fallait que la peinture sèche, expliqua-t-il à sa femme. Elle pourrait utiliser cette pièce dès lundi soir, s'il venait à ronfler. Et Dieu sait qu'il avait l'intention de ronfler, cette nuit-là ! Il ronflerait plus fort que jamais. À en réveiller un mort !

Joan regarda Victor partir au boulot d'excellente humeur, comme tous les lundis matin. Elle le trouva encore plus enjoué que d'habitude, alors même que c'était sa dernière semaine au bureau.

Mais elle avait trop de trucs en tête pour approfondir le sujet. Elle se consacra aux travaux ménagers. Ensuite, elle prendrait le bus pour aller au supermarché, où elle travaillait comme caissière à temps partiel. Pour ne rien changer à ses habitudes, elle sortit tous les sous-vêtements sales de Victor de la panière à linge pour faire une lessive. Elle fut surprise de ne pas y trouver sa combinaison. Elle la chercha partout. En vain.

Peu importe, songea-t-elle avec un sourire diabolique. Si tout se passait comme prévu, il n'en aurait jamais plus besoin. Comme dit le proverbe : la dernière chemise n'a pas de poche.

7

Tout le monde a un point faible. Celui de Victor, c'était son diabète. Joan en était consciente. Un excès de sucre et il s'endormait profondément, ronflait comme un éléphant et l'empêchait de dormir toute la nuit. Elle n'avait qu'à remplacer l'insuline par du sucre, et il dormirait à poings fermés.

Pendant son sommeil, elle lui injecterait une nouvelle dose de sucre, et ainsi de suite jusqu'à ce qu'il arrête de ronfler. Et donc de respirer.

Elle avait tout prévu. Il partirait en douceur.

Le soir même, quand il rentra chez lui, après son travail, Victor fut surpris par ce qui l'attendait. Perchée sur des escarpins rouges, sa femme l'accueillit en toute petite tenue – soutien-gorge en dentelle noire et string assorti. Et elle s'était aspergée de parfum.

— Tu n'as pas froid ? s'enquit-il.

C'était la mi-février.

— Que dirais-tu d'une petite pipe, mon chéri ? lui proposa-t-elle.

— À vrai dire, ça ne me dit rien, répliqua-t-il, sans préciser qu'il revenait du Boudoir des Coquines. Je préférerais une bière. Tu n'as pas froid ? Tu as la chair de poule.

— Je peux te réchauffer, mon trésor.

— Moi, ça va, c'est pour toi que je me fais du souci.

Elle vint se frotter contre lui et attrapa son entrejambes.

— Passons au lit, mon ange.

— Merci, mais je comptais regarder l'épisode de Poirot à 21 heures.

— On peut l'enregistrer.

— J'aimerais le regarder maintenant.

Elle l'embrassa.

— Dis-moi, chéri, si tu devais être pendu demain, que souhaiterais-tu manger ce soir ?

Il réfléchit.

— Crevettes cocktail, steak-frites, des champignons, des tomates et des petits pois. Suivis d'un fondant au chocolat tiède nappé de sauce au chocolat chaud.

— Quelle coïncidence ! s'écria-t-elle. Devine ce qu'il y a au dîner ?

— Ne me dis pas que tu as cuisiné tout ça ?

— Rien n'est trop beau pour toi, Victor !

Joan misait sur le gâteau au chocolat pour justifier l'hyperglycémie.

Victor se demanda ce qu'elle avait bu, et si elle n'avait pas pris de drogues. Ou peut-être attendait-elle de lui qu'il lui achète une voiture, en échange.

Dans tes rêves ! songea-t-il.

Juste après le repas, il s'endormit dans le canapé, tandis que Poirot trouvait la clé de l'énigme.

Comme convenu, Joan envoya un texto à Don.
Vingt minutes plus tard, Don se présenta au domicile des Smiley. Mais son front plissé n'indiquait rien de bon.
— Il y a un problème, annonça-t-il.

8

— Je viens de regarder *Les Experts*, lâcha Don en repoussant Joan, qui lui avait passé les bras autour du cou.

— J'aime bien *Les Experts*.

Elle appréciait cette série, parce que Victor ne la supportait pas. Il la trouvait trop *moderne*.

— Ouais, ben, cet épisode ne t'aurait pas plu. C'était à propos de diabétiques, tu vois ce que je veux dire ?

Son ton menaçant la fit frissonner.

— Raconte-moi.

— Plusieurs diabétiques sont morts, assassinés, par overdose. Overdose d'insuline ou overdose de sucre. Ils ont de nouveaux moyens de le déceler, à l'autopsie. On ne peut pas prendre ce risque ! Il faudra qu'on se débarrasse du corps.

— Non ! Ce n'est pas ce qui est prévu ! On avait décidé d'appeler un médecin demain matin, quand il sera raide. C'est ça, le plan.

— Ça ne marchera pas. Ils détecteront l'hyperglycémie.

— Je pourrais leur dire qu'il était déprimé d'avoir perdu son job. Rédiger une lettre d'adieu, avança-t-elle.

— Trop dangereux.
— Personne ne le saura !
— Si ! Les experts en calligraphie ! tempêta Don.
Il regarda Victor, qui essayait de soulever une paupière. Don s'empressa de reculer, pour sortir de son champ de vision.
— Mais comment se débarrasser du corps ? demanda-t-elle.
— Tu m'avais pas proposé une pipe ? bredouilla Victor.
— Une petite pipe pour mon mari adoré ? Tes désirs sont des ordres ! s'exclama Joan. Dans deux petites minutes, je t'offre la fellation de tes rêves, chéri !
Elle trottina dans la cuisine, enfila des gants en plastique jaunes, puis fonça dans le garage, où Victor accrochait ses outils au mur, de façon très ordonnée. Elle opta pour un marteau de taille moyenne et retourna dans le salon.
Cachant l'arme dans son dos, elle susurra :
— Ça te ferait plaisir que je te taille une pipe maintenant, mon trésor ?
Victor hocha la tête.
— Ouais.
Avant que Don ne remarquât quoi que ce soit, Joan frappa son mari au front. Comme c'était la première fois qu'elle se servait d'un marteau pour cogner quelqu'un, elle ne savait pas trop à quoi s'attendre.
Vu le résultat, elle se dit qu'elle n'aurait pas à frapper si fort la prochaine fois. Son estomac se souleva et elle fut parcourue d'électrochocs.
Elle regarda la scène une nouvelle fois et courut vomir dans l'évier de la cuisine.
Quand elle revint, aucun des deux hommes n'avait

bougé. Don contemplait la scène bouche bée, abasourdi.

— Nom de Dieu ! souffla-t-il.

Victor était immobile. Son crâne avait explosé comme une noix de coco. Du sang avait giclé dans tous les sens. Ses yeux pendaient, exorbités. Il tirait la langue. De la cervelle, d'un gris orangé, coulait sur sa tempe, fendue.

— Je crois que tu l'as refroidi, constata Don.

Joan connaissait cette expression. Elle savait ce que « refroidi » voulait dire. Ça voulait dire mort.

Elle garda le silence.

Il y avait des cheveux et du sang à l'extrémité du marteau. Elle le fixait comme si elle venait de réaliser un tour de magie.

J'ai un marteau propre. Abracadabra. Le marteau est couvert de sang !

Et elle avait un macchabée sur les bras.

Un mari qui pissait le sang sur le canapé.

Des bouts de cervelle dégoulinaient de son crâne, comme autant de pièces à conviction.

Réalisant ce qu'elle venait de faire, elle posa le marteau par terre et fut prise de violents tremblements.

Désemparée, elle se tourna vers Don, qui observait toujours Victor, hébété, en dodelinant de la tête.

Elle ne savait pas à quoi il pensait.

— Pourquoi... pourquoi est-ce que tu as frappé si fort ? demanda-t-il.

— Parce que toi, tu aurais frappé moins fort, peut-être ?

Don réfléchit.

— Ce n'est sans doute pas le moment de se disputer.

9

Dans le cellier, derrière la cuisine, Joan disposait d'un grand congélateur, coincé entre la machine à laver et le sèche-linge. Victor s'était énervé quand elle l'avait acheté. C'était de l'argent jeté par les fenêtres et ils n'avaient pas de place !

Joan avait répliqué qu'ils l'amortiraient en moins de deux, avec toutes les promotions qu'elle allait acheter et congeler. À présent, elle sortait tous les articles bradés, empilés ces dernières années. Une vague de froid s'échappait de l'appareil électroménager.

Elle sortit des côtelettes d'agneau étiquetées « Offre spéciale ». Puis un énorme sachet de petits pois et un gros bac de glace à la vanille. Il y avait ensuite trois cheesecakes au chocolat qu'elle avait prévu de manger en douce – trop bons pour que Victor en profite aussi ! Elle tendait chaque barquette à Don, qui les disposait sur le sol.

De temps en temps, elle jetait un coup d'œil par la fenêtre. Ils avaient tiré les rideaux dans toutes les pièces du rez-de-chaussée, pour plus de discrétion, mais le store du cellier était tombé plusieurs mois plus tôt et Victor, ce fainéant, n'avait pas pris la peine de le réinstaller.

Elle regardait les lumières des maisons, dans la vallée, et la ligne sombre des Downs, à l'horizon. Les étoiles brillaient. La lune était croissante, bientôt pleine. Elle éclairait la petite serre, au fond du jardin. Joan eut une pensée émue pour les tomates que Victor y avait plantées. Il ne les reverrait jamais, ne les goûterait jamais. Il ne verrait plus le jour se lever.

L'espace d'un instant, elle sentit sa gorge se nouer. Victor n'était pas si mauvais. Il avait aussi des qualités, n'est-ce pas ? Don l'interrompit dans sa rêverie.

— Allez, t'arrête pas, on y est presque ! dit-il d'une voix dure.

Elle se pencha pour attraper une boîte de génoise surgelée. Puis des côtelettes de porc en promotion, au fond.

— OK, c'est tout.

Elle regarda à l'intérieur, complètement désemparée. Et s'il ne rentrait pas ?

Cinq minutes plus tard, avec l'aide de Don, elle avait déshabillé Victor. Ils retirèrent aussi sa montre et son alliance.

— Faudrait pas les gâcher, déclara-t-elle.

Ils eurent du mal à tirer son gros lard de mari du salon au cellier. Ils laissèrent une traînée de sang et de cervelle au sol.

Heureusement que Don était costaud, car Joan n'avait plus aucune force. Ils parvinrent, non sans mal, à hisser Victor et à le faire basculer dans le congélateur. Elle fut soulagée de le voir glisser facilement jusqu'au fond. Elle n'eut qu'à déplacer ses bras et ses jambes pour fermer le couvercle. Pendant toute la manœuvre, Joan évita de croiser son regard exorbité, et de le regarder, tout simplement.

Elle ne put toutefois s'empêcher de jeter un coup d'œil à son petit pénis, en songeant que c'était la chose qui lui manquerait le moins. Puis elle entreprit de couvrir le corps de produits surgelés.

— J'espère qu'il n'aura pas faim en se réveillant, conclut Don en claquant le couvercle.

Joan se tourna vers lui, sous le choc.

— Tu penses qu'il va se...

Il posa sa grosse main sur son épaule et la serra doucement.

— Relax, il est mort. Il a rendu l'âme.

Ils passèrent le reste de la soirée à nettoyer les tapis du salon et le sol de la cuisine. Ils durent frotter les murs aussi, car du sang et de la matière grise avaient giclé partout. Ils nettoyèrent le plafond et l'un des abat-jour. Une goutte de sang avait atterri sur la télévision.

— En espérant que Poirot ne l'ait pas vue, celle-là, plaisanta Don en l'essuyant.

Joan resta de marbre.

10

Peu après minuit, épuisé par le ménage, excité par trop de cafés, Don rentra chez lui, en promettant à Joan qu'il reviendrait le lendemain matin.

Joan traîna longtemps au rez-de-chaussée, à observer la forme laissée par Victor dans le fauteuil qu'il occupait quand elle l'avait frappé. La maison était silencieuse. L'air était lourd, oppressant. Le frigo cliquetait à intervalles réguliers. Mais elle n'osait pas aller dans la cuisine seule. Pas cette nuit. Pas dans le noir.

Elle finit par monter à l'étage. La salle de bains était imprégnée des parfums d'eau de Cologne et d'après-rasage de Victor. Son odeur flottait aussi dans la chambre, mais dans une moindre mesure. Deux poils lui appartenant souillaient le lavabo. Elle ne supportait pas qu'il laisse des poils dans le lavabo, ce cochon. Il ne prenait jamais la peine de les enlever. Elle les saisit avec un Kleenex et appuya sur la pédale de la poubelle en songeant, à moitié soulagée, que c'était la dernière fois qu'elle faisait ce geste. Le bruit du couvercle la fit sursauter.

Dieu que je suis à cran.

Pas étonnant.

Elle tira le rideau de la salle de bains, puis se rendit dans la chambre et ferma ceux-là aussi, en espérant que les voisins ne soient pas en train d'épier. Ils trouveraient étrange qu'elle se couche à près de 3 heures du matin, alors qu'ils avaient l'habitude d'être au lit vers 11 heures.

Elle se déshabilla et mit ses vêtements dans un grand sac-poubelle noir, comme Don le lui avait demandé. Il irait à la décharge municipale demain matin. Il prendrait aussi les vêtements de Victor et le marteau, qu'il avait rangé au fond de sa caisse à outils.

Elle enfila sa chemise de nuit et avala deux aspirines. Elle prit le pyjama de Victor, qui se trouvait de son côté du lit, et le jeta par terre. Elle s'allongea dans le grand lit vide, empreint des odeurs de Victor, et éteignit la lumière. Puis la ralluma. Ce soir, elle avait peur dans le noir. Son cerveau tournait à cent à l'heure. Elle repassait en boucle la liste, établie avec Don, des choses à faire le lendemain.

Elle fixa la télévision éteinte, qui était au pied du lit. Jeta un œil aux pantoufles marron de Victor et au roman d'Agatha Christie sur sa table de chevet. Tendit l'oreille. Le silence résonnait fort. Ses oreilles bourdonnaient légèrement. Dehors, deux chats se battaient. Dont Gregory, sans doute. Elle regarda l'heure au réveil.

2 h 59.

3 h 00.

3 h 01.

Elle alluma la télé.

Un médium, dont le visage lui était familier, s'adressait au public de l'émission.

— Je suis avec une certaine Mary. Un spectateur aurait-il récemment perdu une amie de ce nom ?

En général, elle aimait bien ce genre de programme. Mais ce soir, elle se sentit mal à l'aise.

Elle zappa. *Loft Story*. Deux jeunes hommes et une blonde obèse fumaient, assis dans un cendrier géant. Elle écouta leur conversation quelques minutes, puis changea une nouvelle fois de chaîne. Elle tomba sur un vieux film. Glenn Close se trouvait chez elle. Soudain, un gant noir cogna au carreau et ouvrit la porte de l'intérieur.

Elle s'empressa de zapper. Puis consulta l'heure.

3 h 14.

Elle avait envie de faire pipi. Trop de café ! Elle sortit du lit et se dirigea vers la salle de bains. Elle fit ce qu'elle avait à faire et s'approcha du lavabo pour se laver les mains.

Stupeur.

Deux longs poils noirs – appartenant à Victor – la narguaient.

11

— Tu te fais des films ! déclara Don en arrivant, à 9 heures, le lendemain.
— Non, Don, je ne les ai pas rêvés, répliqua Joan.
Ses mains tremblaient tant qu'elle avait du mal à ouvrir la boîte de pâtée pour chat.
— Bien sûr que si. Tu es sur les nerfs !
Elle avait les yeux secs – manque de sommeil – et une légère migraine.
— Je ne me fais pas des films ! J'ai vérifié dans la poubelle. Les deux poils y étaient encore, sur le mouchoir en papier.
Elle versa la nourriture pour le chat dans sa gamelle et la posa par terre.
Comme d'habitude, Gregory lui jeta un regard suspicieux, redoutant l'empoisonnement.
— Tu ne les as pas vus, mon cœur, poursuivit Don. On était tous les deux épuisés.
Il l'enlaça et la serra dans ses bras. Puis lui chuchota à l'oreille :
— Viens au lit, j'ai très envie de toi.
Elle le repoussa.
— Impossible que je les aie ratés. Et pas ques-

tion d'aller au lit, je dois me rendre au commissariat, comme tu me l'as dit. Puis au boulot. C'est toi qui m'as expliqué qu'il fallait qu'on se comporte normalement.

— Ouais, et la normalité, pour nous, c'est de faire l'amour. Allez, viens !

— Pas tant que Victor est dans le congélateur.

— Allons, mon ange. On s'est débarrassé de lui pour pouvoir être ensemble.

Elle le dévisagea.

— C'est non. Je n'ai pas envie, OK ?

Ils se fixèrent en silence.

— Toi, tu es rentré chez ta petite femme. Moi, je suis restée seule avec mon mari dans notre foutu congélateur.

— Et donc ?

— Donc ? répéta-t-elle, de plus en plus furieuse. C'est tout ce que tu as à me dire ?

— Je t'aime, murmura-t-il.

— Moi aussi, je t'aime. Il faut juste qu'on...

— Qu'on quoi ?

Elle secoua la tête, en larmes.

— Il faut que tu m'aides, Don.

— Et qu'on reste calmes.

— Mais je suis calme ! hurla-t-elle.

Il leva ses grosses mains calleuses.

— OK, OK !

Avec sa carrure imposante, son blouson en cuir, son tee-shirt blanc, son jean et ses boots en daim, il avait une allure particulièrement virile.

— Mais non, c'est pas OK !

— D'accord, alors on va régler le problème.

Il leva de nouveau les bras au ciel.

— D'accord, murmura-t-elle. Le plan. On doit s'en tenir au plan.
— Exactement. Et tu ne te laisseras plus impressionner par deux poils dans un lavabo, marché conclu ?
— Marché conclu, concéda-t-elle à contrecœur.

Une demi-heure plus tard, Joan était en route vers le commissariat de police de Brighton. Victor avait acheté cette Opel Astra violette à un prix dérisoire, sur eBay, trois ans plus tôt. Elle se gara sur une place payante et entra dans le bâtiment. Elle tomba sur une deuxième porte et vit une petite file d'attente. Elle attendit son tour en lisant certaines des affiches au mur. L'une d'elles avait pour en-tête : « Personne portée disparue. »
Des photographies de visages, en gros plan, étaient légendées ainsi :

Si vous avez vu cette personne, merci de contacter le commissariat le plus proche.

Aucun des visages ne lui sembla familier. Elle lut une autre annonce, relative à la consommation d'alcool, puis celle concernant la consommation de stupéfiants. Son tour arriva enfin. Une femme d'une trentaine d'années, chemisier blanc, cravate noire, lui demanda ce qu'elle pouvait faire pour elle.
Joan était soulagée que la secrétaire ne puisse pas voir ses genoux, car ils tremblaient exagérément.
— J'aimerais signaler une disparition.
— Pourriez-vous me fournir quelques détails ?
— Victor... mon mari. Il n'est pas rentré à la

maison hier soir. Je suis inquiète parce que... il... c'est très inhabituel... je veux dire... il est toujours rentré le soir... à la maison... après le travail.

Joan sentit ses joues s'empourprer. Elle bafouillait. Elle avait chaud et n'arrivait pas à réfléchir.

— Il... vous savez... enfin... il rentre toujours... mon mari.

S'ensuivit un bref silence. Les poils dans le lavabo lui revinrent à l'esprit.

— Je vois, dit la fonctionnaire. Et vous êtes ?

Elle s'empara d'un stylo.

— Sa femme, répondit Joan d'une voix tremblante.

Elle sentit des gouttes de sueur couler dans son cou.

— Votre nom ? poursuivit la femme, sans s'impatienter.

— Ah oui ! Je m'appelle Joan. Madame, euh, madame Smiley.

La policière prit note.

— Veuillez patienter, je vais demander à un officier de vous recevoir.

Joan se mit sur le côté. La femme décrocha son téléphone. L'une de ses collègues appela la personne suivante. Une jeune fille, qui avait l'air complètement ailleurs, venait pour déclarer la perte de son téléphone portable.

Joan respira à fond pour tenter de retrouver son calme. Plusieurs personnes se présentèrent au guichet. Mais elle n'écoutait pas. Elle répétait, dans sa tête, ce que Don lui avait dit de déclarer.

— Madame Smiley ?

Joan tourna la tête à l'appel de son nom et vit une jeune blonde avec une coupe courte, un peu forte. Elle portait un uniforme noir, sur un chemisier blanc.

Elle interrogeait l'assistance du regard.

Joan leva la main.

— Oui, c'est moi.

Un talkie-walkie dépassait de la poche poitrine de la fonctionnaire. D'un côté, elle portait un écusson aux couleurs de la police de Brighton et Hove, de l'autre, les mots « Police de proximité ».

— Vous voulez bien me suivre ?

Joan lui emboîta le pas dans un couloir et arriva dans une petite pièce aveugle, mal aérée, dans laquelle se trouvaient une table métallique et deux chaises.

— Je suis le lieutenant Watts, dit-elle poliment, d'un ton ferme.

— Enchantée, répondit Joan, en nage.

La femme lui demanda de s'asseoir, prit place en face d'elle et ouvrit un grand carnet rempli de formulaires.

— Votre mari a disparu, c'est bien ça, madame Smiley ?

Joan acquiesça.

Le lieutenant saisit un Bic.

— Bon, commençons par son nom.

— Victor Joseph Smiley.

Elle le nota lentement.

— Et son âge ?

— 43 ans.

— Vous vous faites du souci parce qu'il n'est pas rentré hier soir, c'est bien cela ?

Joan hocha la tête. Elle n'aimait pas la façon dont la jeune femme observait son visage. Elle avait l'impression qu'elle lisait dans ses pensées.

— C'est très inhabituel. Enfin, plus qu'inhabituel, vous voyez ce que je veux dire, n'est-ce pas ?

La femme fronça les sourcils.

— Désolée, je ne vois pas.

— Victor n'a jamais fait ça. Ne pas rentrer à la maison. Jamais depuis que nous sommes mariés.

— Et depuis combien de temps l'êtes-vous ?

— Dix-neuf ans et demi.

Elle aurait pu ajouter : « Trois semaines, quatre jours, seize heures et sept minutes de trop. »

Pendant le quart d'heure suivant, Joan se crut au tribunal. Le lieutenant enchaînait les questions. Avait-elle contacté certains de leurs amis ? Oui. Ted et Madge, mais ils n'avaient pas de nouvelles. Ses proches ? Il n'avait plus qu'une sœur, à Melbourne.

L'officier nota toutes ses réponses, avec une lenteur exaspérante.

Joan fit des efforts pour parler de son mari comme l'aurait fait une épouse aimante. C'était un homme parfait. Elle l'adorait. Il était fou d'elle. Ils n'avaient pas passé une seule journée l'un sans l'autre. Bien sûr, ils avaient des hauts et des bas, comme n'importe quel couple. Elle l'avait senti très déprimé par son licenciement. Très très touché.

Mais il était toujours rentré le soir. Jusqu'à hier.

Malgré cela, le lieutenant Watts lui demanda si c'était la première fois. Joan lui répéta que ce n'était jamais arrivé auparavant. En soulignant qu'il était affaibli depuis son licenciement.

La jeune femme était gentille et faisait preuve d'empathie.

— Vous avez essayé de le contacter sur son portable ? demanda-t-elle.

Joan eut un blanc. Son estomac se noua. Elle commença à voir flou.

Mais quel idiot, ce Don ! Pourquoi ne m'a-t-il pas dit d'appeler ? Comment ai-je pu être bête au point de ne pas y penser ?

— Oh, oui ! Je n'ai pas arrêté de l'appeler.

— Vous pensez que la perte de son emploi ait pu porter un coup à son orgueil ?

— Il est très fier, répondit Joan, tout en songeant : « Il était d'une arrogance insupportable. »

— Pourriez-vous me confier une photo de lui, pour que je la fasse circuler ? Ce serait très utile.

— Je reviendrai en déposer une.

— Bon, reprit l'officier, je vais devoir vous poser une question délicate. Est-il possible que Victor ait une liaison ?

Joan secoua la tête.

— Non. Il est amoureux de moi. Nous sommes très proches. Très très intimes.

— Donc c'est sa déprime, suite à son licenciement, qui vous inquiète.

— Je suis très inquiète, répéta Joan.

Don lui avait conseillé de suivre cette ligne de défense. De suggérer à la police que son mari s'était peut-être suicidé.

— Victor a un tel sens de l'honneur… Il est rentré en pleurs, le soir où il a appris la mauvaise nouvelle.

Ce qui était archifaux, bien sûr, vu qu'il était complètement bourré, et se vantait d'avoir envoyé paître son supérieur.

— Vous avez peur qu'il se soit ôté la vie, madame Smiley ?

— Oui.

Joan revint à la maison contente d'elle. Elle jugea sa prestation d'épouse éplorée tout à fait honorable. Juliet Watts n'était pas de cet avis.

« Comportement suspect », nota-t-elle dans son rapport.

12

Persuadée d'avoir réalisé une belle performance, Joan était enchantée d'elle-même. Le lieutenant Watts l'avait crue. C'était l'essentiel. Victor était désormais considéré comme une « personne à risques ».

Objectif atteint ! Elle avait hâte d'annoncer la bonne nouvelle à Don. Mais, dans un premier temps, elle devait ne rien changer à ses habitudes, donc elle alla faire ses heures au supermarché. Mais elle avait la tête ailleurs et enchaîna les erreurs. À 18 heures tapantes, elle quitta son poste et rentra chez elle en voiture. Quelle joie de ne pas avoir à attendre le bus !

Quand elle tourna dans sa rue, elle sursauta : une camionnette blanche était garée dans son allée, en marche arrière, contre la porte du garage. Joan trouva une place dans la rue et s'empressa de rentrer chez elle. Don était dans le hall, vêtu d'un jean sale et d'un tee-shirt crasseux. Couvert de poussières de la tête aux pieds, tel un fantôme, il suait à grosses gouttes.

— Comment ça s'est passé ? lui demanda-t-il.
— C'est quoi, cette camionnette ? Elle est à qui ? bafouilla-t-elle, anxieuse.
— Du calme, mon amour. Tu ne m'embrasses pas ?

Elle ignora sa requête.

— À qui est ce van ? répéta-t-elle en cherchant des yeux le portable de Victor, qui se trouvait sur la console, dans l'entrée.

— Détends-toi ! Je l'ai empruntée à un copain. Je vais te montrer pourquoi dans quelques instants. Alors ?

— Alors quoi ?

— Comment ça s'est passé avec les flics ?

— Comme une lettre à la poste.

— Tu vois ! Une vraie star !

Il la serra dans ses bras et tenta de l'embrasser sur les lèvres, mais elle tourna la tête et il déposa un baiser sur sa joue. Puis elle le repoussa.

— Tu transpires de partout.

— J'ai travaillé, pendant que tu faisais ton numéro d'actrice !

Elle ne se sentait pas dans la peau d'une star de cinéma. Elle voulait un verre. Du vin. Et elle savait qu'après ce verre, elle en voudrait un deuxième, un troisième, et sans doute un quatrième.

— Il faut que j'appelle Victor, décréta-t-elle.

— Tu vas avoir un choc s'il décroche !

— Ce n'est pas drôle. La policière m'a demandé si j'avais essayé de le joindre. On aurait dû y penser. C'est idiot. Comment as-tu pu oublier ce point ?

Il haussa les épaules et secoua la tête.

— J'en sais rien. Ça m'a échappé.

— Super, siffla-t-elle. Tu m'avais dit qu'on maîtrisait la situation. Qu'est-ce qu'on a bien pu oublier d'autre ? On avait tout prévu. Le crime devait être parfait !

— J'avais effectivement tout prévu. Mais ça, c'était

avant l'épisode sur les diabétiques et avant que tu le massacres.

— Tu aurais dû te renseigner plus tôt sur le diabète.

— C'est sûr, mais, maintenant, il faut gérer la situation. Ne t'inquiète pas, je prends les choses en main.

Elle sortit son portable et composa le numéro de Victor. Le Nokia qui se trouvait sur la console sonna six fois. Elle attendit d'être basculée sur sa boîte vocale.

— Bonjour, vous êtes bien sûr la messagerie de Victor Smiley. Je suis désolé, mais je ne peux pas vous répondre pour le moment. Veuillez laisser un message et je vous rappellerai.

C'était bizarre d'entendre sa voix. Elle frissonna.

— Victor, mon chéri, dit-elle, mal à l'aise. Où es-tu ? Appelle-moi, je t'en prie. Je me fais du souci pour toi, tu me manques, je t'aime !

— Menteuse, lança Don quand elle eut raccroché. Tu ne l'aimes pas !

Elle était rouge pivoine.

— Impossible de mentir aux défunts, pas vrai ?

— Il faudra cacher ce téléphone, déclara Don. Rappelle-moi de le planquer quelque part. Tu n'aurais pas dû lui laisser ce message. C'était nul. Complètement nul.

— Ç'aurait été pire de ne pas l'appeler.

— C'était nul, répéta-t-il. Tu paniques. On ne doit pas paniquer.

— Il faut que je boive un truc, répondit-elle.

Don insista pour qu'elle le suive d'abord dans le garage. Ils avaient un travail à finir.

Elle le suivit et passa la porte qui menait du hall au garage. Il y avait tellement de poussière qu'on n'y voyait quasiment rien. Le sol en béton était froid sous ses pieds. Un courant d'air glacé soufflait dans cette partie de la maison. Elle toussa.

En général, ils garaient leur Opel Astra à l'intérieur, la nuit, mais, ce soir, ce serait impossible. Don avait creusé une fosse de deux mètres de long sur un mètre de large environ, au beau milieu du garage. Des tas de gravats se trouvaient des deux côtés. Contre le mur du fond reposaient des sacs de béton prêts à l'emploi, une pioche, deux pelles et d'autres outils.

— Et voilà ! s'enthousiasma Don, fier de lui. J'ai travaillé toute la journée. BDV, à votre service !

— BDV ? C'est quoi, ce truc ?

— « Bon débarras Victor » ! Une entreprise créée spécialement pour l'occasion.

— Ce n'est pas marrant, maugréa-t-elle.

— Voyons, ma chérie, c'est toi qui voulais te débarrasser de lui. Tu m'as demandé de t'aider. Je t'aide.

Elle jeta un regard à la tombe, qui devait mesurer environ soixante centimètres de profondeur.

— C'est pas assez profond, constata-t-elle.

— Je n'ai pas terminé. Je vais creuser jusqu'à deux mètres. Je ne veux pas qu'on sente les odeurs, quand il sera en décomposition.

En décomposition... L'homme qu'elle avait aimé, avec qui elle avait dormi toutes ces années... Joan frémit en pensant que le cadavre de Victor allait bientôt pourrir.

— Tu... Tu n'es pas sérieux ! Tu as l'intention de l'enterrer ici ?

— Bingo !

— Dans mon garage ?

— C'est l'idéal ! J'ai été maçon, tu te souviens ? Je suis expert en dalles en béton. Personne ne saura.
— Mais moi, je le saurai !
On sonna à la porte.
Ils s'immobilisèrent et se dévisagèrent.
— Qui ça peut bien être ? souffla Don.
— Aucune idée.
Joan porta un doigt à sa bouche pour l'exhorter à garder le silence.
Elle sortit du garage et ferma la porte derrière elle. La poussière la fit tousser. Tandis qu'elle atteignait la porte d'entrée, on sonna de nouveau. Elle grimpa dans le bureau de Victor pour jeter un œil par la fenêtre.
Deux policiers se trouvaient sur le seuil.

13

Deux hommes en uniforme, gilets noirs, casquettes à damiers, s'impatientaient devant chez elle. Elle les observa quelques secondes, puis fonça prévenir Don, lui ordonnant de rester silencieusement dans le garage. Puis elle leur ouvrit, nerveuse comme tout.

— Désolée pour l'attente, j'étais… euh… aux toilettes.

— Madame Smiley ? vérifia le plus âgé en lui montrant son badge. Commandant Rose et lieutenant Black, police de Brighton.

— Bonjour, messieurs. Vous avez des nouvelles de Victor ? s'enquit-elle sans ciller. Vous l'avez retrouvé ?

— Non, madame, je suis désolé. J'imagine que vous n'avez pas de nouvelles non plus…

— Non.

— Peut-on entrer ?

— Oui, oui, bien sûr ! Merci de me rendre visite.

Elle s'effaça.

Les deux hommes retirèrent leur casquette. Le commandant Rose devait avoir la quarantaine. Il avait les cheveux courts, bruns, grisonnant. Il avait un beau visage et une gestuelle agréable, déterminée. Son collègue devait avoir 25 ans environ. Grand, dégingandé, il avait mis du gel dans ses cheveux blonds, coiffés en brosse.

En les accompagnant dans le salon, elle remarqua le téléphone de Victor, posé sur la console. Elle paniqua, puis réalisa qu'ils ne pouvaient pas deviner que c'était le sien.

Elle leur indiqua le canapé, où les deux policiers prirent place, posant leur casquette sur leurs genoux. Elle s'assit dans l'un des fauteuils, face à eux, et prit l'air accablée.

Le commandant Rose sortit un carnet ; le lieutenant l'imita.

— Est-ce votre camionnette qui est garée dans votre allée, madame Smiley ? demanda le commandant.

— La... la blanche ? bafouilla Joan, comme s'il y en avait plusieurs, de différentes couleurs.

Les policiers échangèrent un regard qui la mit mal à l'aise.

— La blanche, oui, répondit le commandant.

— Non... euh... ce n'est pas la mienne... je veux dire, la nôtre. C'est celle du plombier.

— Un problème de tuyauterie ? s'enquit le lieutenant.

Joan eut une bouffée de chaleur.

Elle se souvint d'une émission consacrée au tueur en série Dennis Nilsen – elle l'avait regardée avec Victor. Nilsen assassinait des jeunes hommes, puis les découpait dans sa cuisine et se débarrassait des morceaux en les jetant dans les toilettes ou dans l'évier. Il s'était fait prendre, car ses canalisations s'étaient bouchées et le plombier y avait trouvé des restes humains.

La panique la prit à la gorge et elle croassa :

— Non, non, pas du tout ! On change juste les... euh... la robinetterie et la douche. Avec Victor, on a décidé de rénover la salle de bains.

Le commandant hocha la tête.

Un silence plana quelques instants.

Puis le lieutenant prit la parole.

— Il est très silencieux, votre plombier, fit-il remarquer.

— C'est le meilleur ! Impossible de suspecter sa présence, n'est-ce pas ?

— S'il n'avait pas garé sa camionnette dans l'allée, nota le commandant Rose.

Joan acquiesça.

— Oui, à part la camionnette, bien entendu !

Un nouveau silence gêné s'installa pendant de longues secondes.

— Si nous sommes venus, madame Smiley, c'est parce que nous nous faisons du souci pour votre mari, dit le commandant Rose.

— Merci. Je vous suis très reconnaissante d'être à sa recherche, répondit-elle.

Elle sortit un mouchoir de son sac et s'épongea les yeux.

— Je suis désespérée. Totalement désespérée.

Il consulta ses notes.

— Lors de votre déposition, vous avez déclaré que votre mari est diabétique. Savez-vous s'il avait ses médicaments sur lui lors de sa disparition ?

— Je... je pense que oui. Il les avait toujours avec lui.

— Avez-vous vérifié ? Vous l'avez vu pour la dernière fois dimanche soir, c'est bien cela ?

— Oui. Dimanche soir pour la dernière fois, répéta-t-elle.

— Pourriez-vous reprendre avec moi les événements des dernières heures ?

Elle rougit intensément. Elle suait à grosses gouttes. Elle allait devoir répéter mot pour mot ce qu'elle avait raconté au commissariat.

— Je ne me sentais pas bien. Victor était à la maison. Je suis allée me coucher tôt et l'ai laissé dans le salon, devant la télévision. Le lendemain matin, il n'était plus là. J'ai d'abord cru qu'il était parti au bureau plus tôt que d'habitude, mais c'était bizarre, parce qu'il m'apporte toujours une tasse de thé avant d'y aller.

— Dans quel état d'esprit se trouvait-il suite à son licenciement, madame Smiley ? lui demanda le lieutenant.

— Effondré. Sous le choc. Il avait consacré les meilleures années de sa vie à cette société. Il ne supportait pas l'idée d'être abandonné ainsi. C'était un homme brisé. Il passait ses nuits à pleurer, ici, dans cette pièce.

Joan marqua une pause. Elle reprenait confiance en elle. Son calme revenait, elle retrouvait ses marques.

— Ces dernières semaines, il m'a confié, à plusieurs reprises, qu'il n'avait plus goût à la vie. Il ne supportait pas l'idée de ne plus être indispensable à son entreprise. Il était à bout. Complètement à bout.

Le commandant fronça les sourcils.

— Nous sommes passés chez Stanley Smith & Son, dans la zone industrielle de Hollingbury, cet après-midi. C'est là que votre mari travaille, ou travaillait, n'est-ce pas ?

Elle hocha la tête. Cette information n'était pas pour la rassurer.

— Nous avons discuté avec plusieurs de ses collègues, pour tenter de déterminer son état d'esprit. Tous ceux que nous avons interrogés nous ont affirmé qu'il était très heureux.

Il baissa les yeux vers son carnet.

— L'un d'eux nous a confié qu'hier, le premier jour de sa dernière semaine parmi eux, il avait chantonné, sourire aux lèvres, toute la journée. Qu'il leur avait dit qu'il se sentait libre pour la première fois de sa vie. Qu'il avait l'intention de prendre du bon temps, car la vie est trop courte pour la passer derrière un bureau.

— Je reconnais bien là mon cher Victor, dit-elle en serrant fort les paupières, pour essayer de verser quelques larmes. Il était tellement fier.

— *Était* ? répéta le lieutenant d'un ton accusateur.

— Qu'est-ce que je raconte ! Vous voyez dans quel état je suis ? *Est*. Mon chéri est tellement fier. Il aurait fait n'importe quoi pour partir la tête haute.

Elle essuya ses yeux de son mouchoir.

— Il a sauvé les apparences, ça oui. Il ne voulait pas qu'ils pensent que c'étaient eux qui avaient gagné. Il leur a fait croire qu'il n'en avait cure. Mais, au fond de lui, il était brisé. Une fois à la maison, il pleurait toutes les larmes de son corps. Retrouvez-le, je vous en prie. J'ai tellement peur qu'il ait commis l'irréparable… Mon pauvre Victor. Je ne pourrais pas vivre sans lui.

— Nous ferons notre possible, lui promirent-ils en partant.

Au moment où elle fermait la porte, le téléphone de

Victor se mit à sonner. Joan courut vers la console et le prit en main. Le téléphone continua à vibrer. « Identité refusée. » Elle n'osa pas décrocher. La sonnerie cessa quelques secondes plus tard.

Elle vérifia si la personne avait laissé un message, mais ce n'était pas le cas.

14

Au sous-sol du Boudoir des Coquines se trouvait une salle de repos, avec des fauteuils confortables et un téléviseur, où les filles pouvaient se détendre en attendant le client.

À 19 heures, ce soir-là, Kamila venait de raccrocher son téléphone. Elle s'alluma une cigarette et but une gorgée de café. Elle se faisait du souci pour Victor. Il ne lui avait envoyé aucun texto la nuit dernière et ne l'avait pas appelée de la journée.

En temps normal, il la bombardait de messages et d'appels – deux ou trois SMS pendant la nuit, et un coup de fil le matin, en arrivant au bureau. Ce mutisme ne lui ressemblait pas. Et Kamila avait besoin de lui parler. Kaspar, son petit ami, avait découvert qu'elle se cachait à Brighton et connaissait désormais son adresse. Il n'arrêtait pas de la menacer par répondeur interposé. Victor avait promis de la protéger.

Elle aimait bien Victor. Il la faisait rire. Elle se sentait en sécurité avec lui. Et, surtout, il était très riche ! Il saurait comment se débarrasser de Kaspar. Il le lui avait promis. Il connaissait des gens haut placés. Kaspar serait bientôt de l'histoire ancienne.

Mais Victor avait soudain disparu de la circulation et elle priait pour que ce ne soit pas lui qui appartienne désormais au passé.

Elle n'avait pas laissé de message, car Victor le lui avait formellement interdit.

Nerveuse, elle fuma sa cigarette jusqu'au mégot. Elle allait en allumer une nouvelle quand on l'appela par l'interphone.

— Kamila, un client pour toi !

Elle grimpa l'escalier à toute allure en espérant que ce soit Victor. Ce qui n'était bien entendu pas le cas.

15

Après le départ des policiers, Don décida de garer la camionnette ailleurs. « Pour ne pas éveiller la curiosité des voisins », précisa-t-il. Il la gara donc deux rues plus loin et revint à pied. Sa tenue noire se révéla bien pratique dans l'obscurité.

À 23 heures, Joan lui apportait sa dixième tasse de café. Sa tête dépassait à peine du trou. Des gravats étaient entassés de part et d'autre de la tombe, et un peu partout dans le garage. L'odeur de terre humide couvrait plus ou moins celle de béton et de poussière.

Joan avait froid. Elle était épuisée et sale. Elle avait pris le relais à deux reprises, pour que Don puisse se reposer. Ses mains étaient couvertes d'ampoules. Et elle ne se faisait pas du tout à l'idée d'enterrer Victor dans leur garage.

— C'est l'endroit idéal, trancha Don. Fais-moi confiance ! La plupart des assassins se font coincer parce que le cadavre refait surface. Soit parce qu'il avait été mal enterré, dans un bois, soit parce qu'il échoue sur une plage. Parfois, ils se font prendre en train de se débarrasser du corps. Pas de corps, pas de piste. Les flics n'ont aucune raison de te suspecter, n'est-ce pas ?

— Non, concéda Joan, même si elle sentait qu'elle ne les avait pas tout à fait convaincus.

Don avait raison.

Elle le regarda se remettre au travail. La tombe prenait forme, petit à petit.

Quelques minutes après minuit, Joan aida Don à sortir Victor du congélateur. La dépouille était raide et froide ; la peau était grise, gelée par endroits. Elle se garda de regarder son visage, afin de ne pas croiser son regard.

Ils le portèrent tant bien que mal jusqu'au garage, en passant par le hall. Puis ils le soulevèrent au-dessus des tas. L'espace d'un instant, Jean fut persuadée que le trou était trop étroit. Le macchabée glissa sur quelques centimètres, puis se retrouva bloqué au niveau des épaules et des hanches.

Don s'assit au bord de la tombe et l'enfonça d'un coup de talon. Victor s'affaissa et chuta, tel un épouvantail. Un bruit sourd indiqua qu'il avait atteint le fond.

— Tu n'aurais pas dû lui donner un coup de pied, protesta Joan. Tu as manqué de respect à son égard.

— Excuse-moi, ma chère. Pourquoi n'appelles-tu pas le curé, pour lui demander de venir organiser de belles funérailles ?

Joan se tut. Elle fixait le tas informe qui avait été, autrefois, l'homme de sa vie. Des émotions contradictoires l'assaillirent – la tristesse, la peur, la culpabilité. Aucune joie.

Elle pensait que la mort de son mari la remplirait de joie. Que son amour pour Don grandirait d'un seul coup. Mais au moment présent, elle ne ressentait aucun amour pour lui. Elle n'avait qu'une seule envie : qu'il la laisse seule pour qu'elle puisse dire un dernier adieu à Victor.

Elle s'agenouilla et saisit une poignée de terre qu'elle jeta sur le corps. Elle murmura tout doucement, afin que Don ne puisse pas l'entendre : « Adieu, mon amour. Nous n'avons pas été si malheureux, n'est-ce pas ? »

Puis elle se releva et aida Don à combler le trou.

Il était plus d'une heure du matin quand ils terminèrent. Joan dormait debout.

— Ta femme ne va-t-elle pas se demander ce que tu fabriques ?

Il consulta sa montre.

— Mandy doit être en train de dormir. Je lui ai dit que je travaillerais tard, que j'avais une course à l'aéroport d'Heathrow tôt, demain matin, et que je ne rentrerais peut-être pas.

Il lui colla un baiser sur la joue.

— T'inquiète.

Joan balaya la poussière autour de la tombe et Don la piétina jusqu'à ce qu'elle soit complètement plate. Ils burent une nouvelle tasse de café.

Don ouvrit le premier sac de ciment. Joan alla remplir un seau d'eau dans la cuisine. Puis Don entreprit de couler une dalle en béton sur toute la surface du garage. Petit à petit.

Il termina à 4 heures du matin. Stocka ses outils et les sacs vides dans le hall. Il passerait les récupérer plus tard, avec la camionnette.

— Qu'en penses-tu ? lui demanda-t-il en l'enlaçant.

Elle étudia le béton humide, brillant, depuis la porte. La dalle était parfaitement plate et homogène. Impossible de deviner qu'une tombe avait été creusée en dessous.

— C'est bien, avoua-t-elle.
— Interdiction de marcher dessus jusqu'à demain.
— Bien sûr.
— À mon avis, Victor ne risque pas de se faire la malle ! plaisanta-t-il.

Ils se dévisagèrent et Don la serra dans ses bras.

— Tout va bien se passer. Reste calme, personne ne saura jamais rien. Demain après-midi, après ton boulot, on boira un coup. Au lit, OK ?

Joan se retint de protester. Elle ne s'habituait pas à l'idée de vivre avec Victor dans son garage.

Mais elle hocha la tête et esquissa un sourire.

Il ouvrit la porte et sortit dans la nuit.

Joan ferma derrière lui et tourna le verrou. Se sentant observée, elle se retourna.

À mi-hauteur, dans l'escalier, Victor la regardait fixement.

16

Elle hurla sans émettre aucun son. Elle fit une seconde tentative. En vain. Elle était aphone et tremblait de tout son corps. Elle ferma les yeux et se colla contre la porte, afin de tenter de l'ouvrir, de dos. Puis elle ouvrit les yeux.

Victor n'était plus là. Était-il à l'étage ? Son cœur battait à tout rompre. Elle haletait. Elle leva les yeux vers le palier et tendit l'oreille.

Rien.

Puis un claquement retentit, en provenance de la cuisine. Elle eut la peur de sa vie, puis comprit que c'était tout simplement la chatière.

Gregory fit son apparition dans le hall. Il la dévisagea, comme pour lui demander ce qu'elle faisait debout si tard, sur *son* territoire.

— Victor ? cria-t-elle. (Sa voix fonctionnait de nouveau, mais elle était devenue suraiguë.) Victor ?

Silence.

Bien sûr qu'il n'allait pas lui répondre. Elle venait de l'enterrer. Son imagination lui jouait des tours. Rien de plus. N'est-ce pas ?

Bien trop tourmentée pour aller se coucher, Joan

décida de se réfugier dans la cuisine. Le fait est qu'elle avait peur de monter à l'étage. Elle avait besoin de boire. Elle sortit une bouteille du frigo et se servit un verre. Elle le but cul sec et s'en servit un deuxième. Elle le portait à ses lèvres quand le chat se frotta contre ses jambes.

— Qu'est-ce que tu veux ? chuchota-t-elle, même si ce n'était pas vraiment nécessaire. Tu as faim ?

Le chat l'observait sans bouger. Elle n'avait jamais aimé la façon dont il l'observait. Au moment même, elle avait l'impression qu'il savait ce qu'elle avait fait. Elle ouvrit une boîte de pâtée, en versa quelques cuillerées dans sa gamelle et la posa par terre.

Gregory se détourna de la nourriture et continua à la fixer. Joan vida son verre et s'en servit un troisième. En quelques minutes, l'alcool fit son effet et elle se sentit un tout petit peu mieux.

Elle avait rêvé. Rien de plus. Son esprit lui jouait des tours parce qu'elle était épuisée. Ces dernières vingt heures avaient été éprouvantes.

Soudain, elle perçut une odeur de cigare. Celle, familière, des cigares de Victor. L'odeur s'accentua. Puis elle entendit un son strident. Un frisson la parcourut, aussi violent qu'une décharge électrique.

C'était Gregory. Dos rond, poils hérissés, il sifflait, toutes dents dehors, en direction de la porte, à gauche.

Un rond de fumée bleutée flottait dans le hall d'entrée.

17

Joan sortit de chez elle en courant, traversa le jardin et se retrouva dans la rue faiblement éclairée d'une lueur jaunâtre. La porte claqua derrière elle.

Son cœur battait à cent à l'heure. Elle était à bout de souffle.

Elle entendit un véhicule et fut tentée de se mettre au milieu de la chaussée pour demander de l'aide.

C'était une voiture de police.

Elle recula rapidement et se terra dans l'ombre d'un buisson. Elle avait conscience d'être sale de la tête aux pieds. Les flics lui poseraient des questions. Que faisait-elle, debout à cette heure avancée ? Pourquoi était-elle sortie précipitamment de chez elle ?

Doux Jésus, songea-t-elle.

Elle fixa la maison et regarda aux fenêtres, comme si Victor pouvait être en train de l'observer.

Victor ne croyait pas aux fantômes. Quand elle regardait une émission avec des voyants, il se moquait d'elle. « Les fantômes, c'est une simple vue de l'esprit », répétait-il à l'envi.

Avait-elle imaginé Victor au milieu de l'escalier ?

Avait-elle imaginé le rond de fumée ? Les poils dans le lavabo ?

Les phares de la voiture de police disparurent après un virage. Elle frissonna. Un vent glacial s'était levé. Des gouttes d'eau frappaient son visage. Puis elle réalisa qu'elle était à la porte de chez elle. Expulsée par un fantôme !

Mince, alors. C'est le bouquet !

Son téléphone se trouvait à l'intérieur. Elle n'avait rien pris. Elle n'avait pas particulièrement envie de rentrer chez elle, mais où pouvait-elle aller, à cette heure ? Chez Ted et Madge, mais ils vivaient à cinq kilomètres de là.

C'est alors qu'elle se souvint du double des clés. Victor le cachait sous une brique, près de la porte de la cuisine. Du moins, c'était ce qu'il faisait, dans le temps. Elle pria pour qu'il y soit.

Elle se faufila derrière les poubelles, ouvrit le petit portail qui menait au jardin de derrière et se rendit jusqu'à la porte. Dans l'obscurité, elle trouva la brique, la souleva et tâtonna. C'est avec un grand soulagement qu'elle trouva la clé. Elle retourna à la porte d'entrée, ouvrit et rentra chez elle. En fermant le verrou, elle dit à haute voix :

— Une vue de l'esprit. Rien de plus. Juste une vue de l'esprit !

N'ayant pas le courage de monter à l'étage, elle fonça vers la cuisine et s'y enferma à clé. Le chat était parti dans la nuit. *La nuit appartient aux chats*, se dit-elle.

Elle alluma la télévision pour avoir un brin de compagnie et s'assit à table. En vingt minutes, elle siffla la bouteille de vin.

18

Kamila s'était couchée à 4 heures du matin. À 8 h 30, elle fut réveillée par la sonnerie de son téléphone portable.

Elle ouvrit un œil et le chercha, aveuglée par sa frange, en espérant que ce soit Victor, et non Kaspar. Elle n'était pas assez réveillée pour se faire engueuler.

Aucun numéro n'apparut à l'écran, juste le mot « Appel ».

Elle décrocha, angoissée. Victor l'appelait-il d'un nouveau téléphone ? Kaspar essayait-il de la joindre en numéro caché ?

— Bonjour, je suis le lieutenant Black, de la police de Brighton et Hove, dit une voix masculine qu'elle ne connaissait pas.

Kamila paniqua. Allait-elle avoir des problèmes à cause de son job au Boudoir ?

— Oui ? répondit-elle d'un ton hésitant.

— Nous cherchons un certain Victor Smiley, porté disparu depuis lundi soir. Ses relevés téléphoniques nous indiquent qu'un appel a été passé, depuis votre portable, vers le sien, hier, à 18 h 55. Est-ce vous qui l'avez appelé ?

— Victor a disparu ? répéta-t-elle.

— Oui. Nous nous faisons du souci pour lui. Est-ce un ami à vous ?

— Oui. Moi très bonne amie, répondit-elle dans son anglais approximatif.

Victor avait disparu ? Dépitée, elle ferma les paupières. *Lui était-il arrivé quelque chose ?*

— Nous aimerions vous rencontrer, poursuivit le policier. Pouvons-nous vous rendre visite ou préféreriez-vous venir au commissariat ?

Kamila passait devant le poste de police tous les jours, en se rendant sur son lieu de travail. Pour faire des économies, elle ne prenait jamais le bus. Elle devait être au Boudoir à midi, pour être disponible pendant la pause déjeuner.

— Je peux venir à environ 10 h 30. C'est OK ?

— Ce sera très bien. Puis-je avoir votre nom ?

Elle le lui donna.

— À l'accueil, demandez à parler au lieutenant Black.

— S'il vous plaît, dites si Victor est OK ?

— Nous ne savons pas. Nous sommes pressés de le retrouver. Nous sommes inquiets pour lui.

Kamila le remercia, raccrocha et se leva. Elle était trop réveillée pour espérer se rendormir.

Inquiets pour lui.

Victor était le seul homme à être gentil avec elle. Le seul à lui offrir une issue de secours, dans la vie horrible qui était la sienne. Et maintenant, la police se faisait du souci pour lui.

Elle ferait tout son possible pour les aider. Elle fixa son téléphone.

Appelle, Victor, appelle !

Puis elle se souvint de quelque chose. Victor lui parlait souvent de sa femme, la décrivant comme une sorcière, qui le rendait très malheureux. Elle se demanda si elle devait en parler à la police.

19

— Tu as une mine atroce, dit Don sans crier gare.
— Merci, mon chou ! Tu sais parler aux femmes, dis-moi.
Joan était assise à la table de la cuisine, sans maquillage. Elle avait dormi une heure en tout et pour tout et avait une gueule de bois. Elle était au plus bas.
Il y avait trois messages sur son portable – tous de Madge. Ils dataient de la veille au soir. Affairés dans le garage, ni elle, ni Don, n'avait entendu le téléphone sonner. Madge lui disait que des policiers étaient venus, les informant que Victor était toujours porté disparu. Comment se sentait-elle ? Pourquoi ne les appelait-elle pas ? Voulait-elle qu'ils viennent lui remonter le moral ?
— Don, Victor était dans la maison cette nuit, juste après que tu sois parti, lui annonça-t-elle.
— S'il est capable de traverser une dalle, il va falloir l'appeler Houdini, plaisanta-t-il.
— Victor était dans cette maison, répéta-t-elle.
— Le pape aussi ?
— Je suis sérieuse.
Don lui caressa les cheveux.

— Ce ne sera pas facile, mon amour, mais il faut qu'on garde notre calme, OK ?

— Facile à dire. Tu n'étais pas là, toi.

— Les fantômes n'existent pas.

Joan le fusilla du regard, furieuse qu'il mette en doute sa parole. En le regardant ainsi, elle se rendit compte qu'il n'était pas le héros courageux qu'elle voyait en lui, quelques jours auparavant. Avec son blouson en cuir, son sweat, son jean, ses cheveux courts, son visage buriné, il avait l'air faible. Impuissant. Victor, malgré tous ses défauts, lui sembla soudain deux fois plus fort que lui.

Il se leva pour l'embrasser, mais elle recula.

— Allons, ma chérie, qu'est-ce qui te prend ?

Elle resta mutique. Détourna son visage vers le jardin. Observa la pelouse, que Victor avait coupée, le cabanon, les parterres fleuris, les arbustes que Victor avait taillés et la serre, où Victor avait mis des plants de tomates.

— Prends les trucs que tu es venu chercher et jette-les.

— Je t'aime, répondit-il.

Elle se tourna et regarda au-delà de lui, dans la direction du rond de fumée qu'elle avait vu, quelques heures plus tôt.

Merde, merde, merde, merde. Qu'est-ce que j'ai fait ?

Son téléphone sonna. Le numéro de Madge apparut à l'écran. Joan décrocha.

— Joan ! Joan, ma chérie ! C'est donc vrai ? Victor t'a quittée ? J'ai essayé de te joindre toute la soirée. Comment vas-tu ?

Joan avala sa salive, puis fondit en sanglots.

— Joan, j'arrive ! Ce qu'il te faut, c'est de la compagnie.

— Non, non, je vais bien.

— J'arrive ! On vient tous les deux. Ted prend sa matinée. On sera là dans une demi-heure. C'est à ça que ça sert, les amis.

— Madge, c'est gentil de ta part, mais je me sens bien, répéta-t-elle avant de se rendre compte que Madge avait déjà raccroché.

— Merde ! s'écria-t-elle.

Remarquant une odeur étrange, elle renifla. Mais l'odeur n'était pas si bizarre. Elle ne la connaissait que trop bien.

C'était celle du cigare, une nouvelle fois.

Celle des cigares de Victor. De plus en plus forte.

— Tu sens ? demanda-t-elle à Don.

— Qu'est-ce que je devrais sentir ?

Joan ferma les yeux.

— Tu ne peux pas ne pas sentir !

— Je ne sens rien du tout.

— Nom de Dieu, Don, c'est quoi, ton problème ?

— *Mon* problème ?

Il la dévisagea, sous le choc.

— Il faut que tu te calmes.

— Je suis calme ! hurla-t-elle. Prends tes trucs et va-t'en ! Sors de chez moi ! Ted et Madge sont en route. Pars !

Don chargea les sacs vides et les outils dans la camionnette, qu'il avait garée contre la porte du garage.

— Je t'appelle dans la journée, mon amour, lui dit-il en partant.

Mais Joan ne l'entendit pas. Elle était sous la douche, à se récurer et se shampouiner.

Elle sortit, se sécha et épongea ses cheveux dans une serviette. Elle s'assit devant sa coiffeuse, au pied du lit, et commença à se maquiller. Elle était en train de se mettre du rouge à lèvres quand un reflet dans le miroir attira son attention.

Elle se retourna.

Victor se trouvait dans l'embrasure de la porte. Il lui souriait.

Pas le gros Victor, à la calvitie galopante, mais le beau jeune homme qu'elle avait épousé. Le Victor mince, aux cheveux bruns, soyeux, au sourire ravageur.

— Je suis désolée, lui dit-elle. Je ne sais pas ce qui s'est passé. Ce qui nous est arrivé. Tu vois ce que je veux dire ?

On sonna à la porte. Victor disparut. Elle fonça ouvrir la porte d'entrée. Elle était à moitié maquillée, pas coiffée.

Madge et Ted se trouvaient devant elle. L'un après l'autre, ils la serrèrent dans leurs bras.

— Ma pauvre chérie ! se lamenta Madge.

— Bon, alors, il est où, le vieux lascar ? Tu l'as découpé et enterré sous la cuisine, pas vrai ? lança Ted.

— Ce n'est pas drôle ! le tança son épouse.

— J'ai été tenté de réserver le même sort à Madge à plusieurs occasions, je n'ai pas peur de l'avouer ! poursuivit-il.

— Ce que tu peux être vilain ! Ne l'écoute pas, lui conseilla Madge. Viens, on va faire bouillir de l'eau et tu vas tout nous raconter.

Joan mit la bouilloire en marche et leur raconta tout. Sauf le fait qu'elle avait un amant, Don, qu'elle avait assassiné Victor et l'avait enterré sous le garage.

À part cela, elle leur dit quasiment tout. C'est-à-dire trois fois rien.

Ted résuma son récit.

— Donc il s'est fait virer et ça l'a déprimé.

— Oui, conclut Joan.

— Pourquoi ne nous en a-t-il pas parlé, l'imbécile ? s'interrogea Ted.

— Par orgueil, j'imagine, suggéra Joan.

— L'orgueil précède la chute, cita Madge, sans vraiment élever le débat.

— Je vais lui dire ce que j'en pense, moi, quand il reviendra, maugréa Ted. Perdre son boulot, c'est rien de nos jours. Pas la peine d'en faire un drame ! Personnellement, je pourrais être licencié du jour au lendemain.

— Tu n'as pas intérêt ! l'interrompit Madge.

— Je plaisantais ! dit Ted en riant, avant d'embrasser sa femme.

— Quel petit plaisantin tu fais ! renchérit Madge.

Joan avait hâte de les voir partir. Elle n'avait aucune envie de les accueillir chez elle, dans sa cuisine, et de les laisser dévorer ses biscuits, en buvant son café et en minaudant devant elle.

Mais ils s'attardèrent, des heures et des heures. À midi, elle n'avait quasiment plus ni café ni biscuits. Et plus rien à leur dire.

— Il va revenir, lui promit Madge.

— Moi aussi, j'en suis sûr, tu verras, renchérit Ted.

— Il n'est pas du genre à se suicider, poursuivit Madge.

— Pas du tout, répéta Ted.

On sonna à la porte.

Joan ouvrit sans regarder, au préalable, par la

fenêtre de l'étage. Elle se retrouva face à deux hommes en uniforme. Le premier se présenta comme étant le commandant Mick Brett, le second le lieutenant Paul Badger. Ils lui demandèrent s'ils pouvaient entrer.

20

Joan présenta Ted et Madge aux deux enquêteurs, ajoutant :
— Mes amis étaient sur le départ.
Madge lui promit de prendre des nouvelles d'elle en fin de journée.
Ted l'embrassa, en lui disant de ne pas s'en faire :
— Il va revenir.
— Oui, Victor va revenir, ajouta Madge.
— Je vous offrirais bien du café, mais je n'ai plus de lait. Vous voulez du café noir ? demanda-t-elle aux policiers.
— Pas pour moi, merci, madame Smiley, répondit le commandant Brett.
C'était un homme de grande taille, avec un crâne rasé, en forme de ballon de rugby.
— Pas pour moi non plus, ajouta le lieutenant Badger.
Tout sourire, ce jeune homme avait un visage poupon et une coupe de cheveux à la mode.
Elle leur proposa de prendre place dans le canapé et rapporta dans la cuisine le plateau de tasses sales et d'assiettes jonchées de miettes de biscuits.

— Je ne peux même pas vous offrir des petits gâteaux, leur cria-t-elle de loin. Si vous étiez venus ce soir, j'aurais eu le temps d'en racheter.

Elle revint s'asseoir face à eux.

— Le commissariat a demandé à la police judiciaire d'enquêter sur la disparition de votre mari, madame Smiley, lui annonça le commandant Brett.

— Oh ! Je vois. C'est une bonne nouvelle, n'est-ce pas ?

— Eh bien... Oui, dans le sens où le commissariat prend l'affaire très au sérieux.

Joan fit semblant d'éponger des larmes, puis renifla.

— Moi aussi, je m'en fais, du souci pour mon pauvre Victor. Je suis à bout.

Le commandant Brett sortit son carnet.

— Il y a plusieurs choses dont nous voudrions vous parler, madame Smiley.

— Bien sûr, répondit-elle.

— La première concerne le portable de votre mari. Dans votre déposition, faite hier au commissariat, vous avez déclaré l'avoir appelé à plusieurs reprises depuis lundi soir. Vous souvenez-vous avoir tenu ces propos ?

— Oui, oui, je m'en souviens, balbutia-t-elle, la bouche sèche.

— Vodafone nous a transmis les relevés. Un seul appel a été passé de votre mobile au sien. Aucun de votre ligne fixe. Et c'était hier soir. Comment expliquez-vous cela ?

Tout se mit à tourner autour d'elle. Elle était en nage. Elle regarda vers la porte ouverte, persuadée d'avoir vu quelque chose bouger. Les deux policiers se tournèrent. Mais il n'y avait rien.

— Eh bien... hésita-t-elle. Le truc, c'est que...

Elle réfléchit.

— Il doit y avoir une erreur. Je l'ai appelé environ… je ne sais pas combien de fois. L'opérateur doit s'être trompé.

Le lieutenant Badger se tourna de nouveau vers la porte. Elle résista à la tentation de suivre son regard. Elle ne voulait pas paraître inquiète.

— Y a-t-il quelqu'un chez vous en ce moment, madame Smiley ? demanda-t-il, légèrement distrait.

Elle secoua la tête.

— Non.

— En êtes-vous sûre ?

— Oui, il n'y a personne.

Elle jeta un coup d'œil à la porte.

— Votre mari a-t-il peut-être un autre portable ?

Elle garda le silence, se laissant du temps pour répondre. Elle avait l'estomac noué.

— Non, il n'y a pas d'autre téléphone. Je ne comprends pas ce qui a pu arriver.

Le commandant prit note et revint à la page précédente.

— Quand les deux policiers sont venus vous voir hier soir, ils vous ont demandé à qui appartenait la camionnette garée dans votre allée. Vous leur avez signalé que c'était celle de votre plombier. Vous confirmez ?

Sa nausée s'accentua. Elle avait l'impression que son monde s'effondrait.

— Elle appartient à mon plombier, oui.

L'enquêteur consulta ses notes.

— Elle est immatriculée au nom de Mile Oak Électricité. Ils font de la plomberie aussi ?

— J'imagine que mon plombier la leur a empruntée,

dit-elle d'une voix tremblante. C'est pour cela qu'il est arrivé tard, bien sûr. La sienne était en panne, donc il est arrivé dans la soirée.

Elle sentait la sueur couler sur son front. Son explication était plausible, songea-t-elle, soulagée.

Le commandant prit note, jeta un coup d'œil à son collègue, puis se tourna vers elle.

— OK. La prochaine information risque de vous déstabiliser, madame Smiley.

Il marqua un temps d'arrêt, échangea un regard avec le lieutenant Badger, qui adopta un air de circonstance.

— Ah bon ? fit Joan.

— Saviez-vous que votre mari, Victor, avait une maîtresse ? Saviez-vous qu'il avait l'intention de vous quitter ?

Les deux hommes observèrent attentivement sa réaction.

Joan ne bougea pas, sous le choc.

— Une maîtresse ? Mon mari ?

Elle secoua la tête.

— Je ne vous crois pas. Pas lui. Enfin, qui serait...

Elle s'arrêta au milieu de sa phrase.

Le lieutenant Badger regardait de nouveau dans la direction de la porte.

— Continuez, l'invita le commandant.

— Je suis désolée, mais je ne vous crois pas.

— Le nom de Kamila Walczak vous est-il familier ?

— Il devrait ?

— Elle a appelé votre mari hier soir.

— Et alors ?

— Elle a appelé en numéro masqué et n'a pas laissé de message.

Joan se souvint que le téléphone de Victor avait

effectivement sonné, qu'aucun nom de s'était affiché à l'écran et que la personne n'avait pas laissé de message. Était-ce elle ?

— Eh bien, je n'ai jamais entendu parler d'elle. De qui s'agit-il ?

— Elle travaille en tant qu'hôtesse dans un club privé de Brighton, l'informa le commandant.

— Cette dame se trompe. Victor ne sort jamais en boîte de nuit.

Les deux enquêteurs échangèrent un regard.

— Je ne sais pas trop comment vous expliquer, madame Smiley. Pour être tout à fait franc avec vous, il s'agit d'une maison close. La jeune femme est une prostituée.

— Une pute ? Une call-girl ? Une catin ?

— Oui.

— Mon mari ? Aller aux putes ? Mais c'est impossible ! Comment voulez-vous qu'il ait l'argent, d'abord ?

— Il n'y a que vous qui puissiez répondre à cette question, madame Smiley. Tout ce que je puis vous dire, c'est que mademoiselle Walczak est venue nous rendre visite dans la matinée, qu'elle est bouleversée, car elle et votre mari avaient prévu de refaire leur vie ensemble.

Joan secoua la tête.

— Elle se trompe. Erreur sur l'identité.

Le lieutenant Badger se tourna de nouveau vers la porte, puis poursuivit :

— Nous lui avons montré une photo de votre mari. Elle l'a formellement identifié.

— Peut-être cache-t-elle quelque chose, déclara Joan. Pensez-vous qu'elle ait pu s'en prendre à Victor ?

— C'est l'une de nos pistes.

— Victor avec une pute ? Je n'y crois pas. Pas une seconde.

— Nous vous en parlons, madame Smiley, car il est possible qu'il ait d'autres petites amies. Peut-être est-il avec l'une d'elles en ce moment même.

— Impossible ! s'écria Joan.

Elle était encore sous le choc. Victor voyait une prostituée…

Depuis combien d'années ? Le salaud. Comment avait-il osé ?

— En êtes-vous sûre ? insista le lieutenant.

Son intonation la fit douter. Joan réalisa soudain que les policiers lui faisaient un pont d'or. Voilà pourquoi Victor avait disparu : il avait une maîtresse !

Elle esquissa un sourire et s'essuya les yeux.

— Jusqu'à quel point peut-on connaître celui qu'on aime ? Je pensais savoir qui il était. Je le croyais heureux. Je devais me tromper, puisqu'il allait aux putes. Vous avez raison. Il y en a peut-être d'autres. Plein d'autres ! Peut-être dans d'autres pays ? Pas étonnant qu'il ait serré les cordons de la bourse !

— Avez-vous vérifié s'il a pris son passeport, par hasard ? demanda le commandant Brett.

Elle hocha la tête et inventa un nouveau mensonge.

— Oui. Il l'a pris. Son passeport n'était plus sur son bureau. C'est l'une des premières choses que j'ai vérifiées.

— Pourquoi n'en avez-vous pas parlé au lieutenant Watts ?

— J'étais dans un tel état. Ça m'est sorti de la tête. Pouvez-vous imaginer ce que c'est que de perdre la personne qu'on aime ?

Elle fondit en larmes.

Les enquêteurs ne restèrent guère plus longtemps. Ils discutèrent longuement, entre eux, dans la Ford Focus, puis démarrèrent.

Il était 12 h 55. Joan devait se dépêcher si elle ne voulait pas être en retard au boulot. Mais elle prit quelques minutes pour réfléchir, en regardant par la fenêtre. Elle était furieuse. Victor l'avait trompée. Il voyait une pute ! Depuis combien de temps ? Combien de fric avait-il claqué pour elle ? Elle se dirigea vers le garage, ouvrit la porte, et cria, en direction de la dalle en béton :

— Espèce de connard !

21

Le commandant Brett prit le volant de la Ford Focus, direction le commissariat. Le lieutenant Badger observait la photo de Victor Smiley qu'ils avaient fait imprimer sur des affiches, puis circuler dans toute la région.

— J'ai l'impression qu'il y a un truc qui cloche, pas toi ? demanda le commandant.

— Elle était nerveuse. Elle n'arrêtait pas de regarder vers la porte, confirma Badger. Selon moi, elle nous cache quelque chose. Si c'était le mari qui nous observait, depuis le hall d'entrée, j'en connais deux qui sont en train de nous rouler dans la farine.

— Tu crois qu'elle joue à quoi ? demanda le commandant.

— Peut-être une arnaque à l'assurance, non ? On devrait vérifier s'il existe une assurance vie. Je me souviens qu'un couple avait tenté le coup, il y a quelque temps. Comment s'appelaient-ils déjà ? Les Darwin. Le mari avait fait semblant de mourir dans un accident de canoë et ils avaient touché la prime d'assurance. Il s'était caché dans le grenier pendant cinq ans.

— Pourquoi est-ce que tu ne lui as pas posé la question ?

— Pour ne pas éveiller ses soupçons. Elle a répondu qu'il n'y avait personne d'autre que nous, pas vrai ?

Brett acquiesça.

— À ton avis, le mari est vivant et se cache dans la maison ?

— Possible, chef. On sait qu'elle nous a menti à propos des appels téléphoniques. Sur quoi d'autre nous ment-elle ?

— Ton raisonnement se tient, approuva le commandant Brett.

22

Peu après 18 heures, Joan engagea son Opel Astra violette dans l'allée et s'arrêta devant le garage. Dans le coffre se trouvaient les courses qu'elle avait faites au supermarché : deux bouteilles de vin, plusieurs paquets de biscuits, des crevettes cocktail en promotion, car bientôt périmées, et deux steaks.

Don avait prévu de la rejoindre. Il avait décidé qu'ils devaient trinquer ensemble. Elle n'avait guère envie de le voir en ce moment, mais elle ne voulait pas être seule chez elle. Elle l'avait invité à dîner. *C'est étrange qu'il ait exactement les mêmes goûts culinaires que Victor,* se dit-elle. Elle avait lu quelque part que les hommes qui quittaient leur femme pour une autre choisissaient souvent la même, en plus jeune. Peut-être les femmes choisissaient-elles un nouvel homme avec les mêmes goûts que l'ancien.

Elle repensait à tous les policiers qu'elle avait rencontrés ces deux derniers jours. Se demandait si elle leur avait fourni les bonnes réponses. Ç'avait été tendu, mais elle avait gardé son calme. Elle en parlerait avec Don ce soir. Il fallait qu'ils vérifient s'ils n'avaient rien oublié et lister les choses à faire.

Quand elle sortit de son véhicule, à la tombée du jour, le vent soufflait fort. Elle remarqua que plusieurs de ses voisins l'épiaient derrière leurs rideaux. Elle décida que c'était plus sûr de garer la voiture dans le garage, pour que personne ne la voie décharger des bouteilles.

Don lui avait recommandé de ne pas rouler sur la dalle en béton pendant plusieurs jours, pour lui laisser le temps de bien sécher, mais elle lui semblait déjà dure.

Elle souleva la porte du garage, observa le sol et fit quelques pas, pour voir.

Impeccable.

Elle se gara et ferma la porte du garage. Le claquement résonna pendant de longues secondes. Elle déchargea ses courses dans la cuisine et mit le vin au frigo. Puis elle alluma la télévision et toutes les lumières de la maison, pour éviter que Victor ne fasse, une nouvelle fois, son apparition. Après quoi, elle monta dans la chambre et enleva sa tenue de travail. Elle se rafraîchit, s'aspergea du parfum que Don aimait bien et posa une petite robe de cocktail noire sur le lit.

C'est alors qu'on sonna à la porte.

Elle fronça les sourcils. Il n'était que 18 h 15. Don ne devait pas arriver avant 19 heures.

En culotte et soutien-gorge, elle fila dans le bureau de Victor pour regarder par la fenêtre. Sa gorge se serra. Deux voitures et une camionnette aux couleurs de la police étaient garées dans sa rue. Les deux enquêteurs qui étaient passés plus tôt se tenaient sur le perron.

On sonna de nouveau.

— J'arrive ! s'écria-t-elle en masquant son appréhension.

Elle respira un grand coup, enfila ses vêtements de la journée et descendit à toute allure.

Quand elle ouvrit la porte, le commandant Brett lui tendit un document. Le lieutenant Badger, et un groupe d'agents en veste jaune, se tenaient derrière lui.

— Madame Smiley, déclara le commandant Brett, nous disposons d'un mandat de perquisition pour votre résidence.

Il le lui montra.

Elle tremblait et voyait flou.

— Un mandat de perquisition ?

— Oui, madame.

— De quoi s'agit-il ?

Une demi-douzaine de policiers passèrent devant elle, suivis par les deux enquêteurs.

— Quelqu'un veut du café ou du thé ? lança-t-elle. J'ai des biscuits, maintenant !

Aucune réaction.

Soudain, elle eut l'impression qu'il y avait des agents dans chaque pièce.

— Vous attendez quelqu'un ? lui demanda le commandant Brett et découvrant les deux steaks, crus, sur une planche à découper, dans la cuisine.

— Juste le chat et moi, répondit-elle.

— Il en a, de la chance, ce chat ! Un filet mignon pour lui tout seul ! répliqua-t-il en enfilant une paire de gants en latex.

— Il est très difficile, se justifia-t-elle sans conviction.

— Asseyez-vous, lui conseilla le commandant Brett et lui indiquant une chaise de la cuisine. Ça va durer un certain temps.

* * *

À l'étage, le lieutenant Badger poussa la porte d'une petite pièce qui ressemblait à une chambre d'amis. Il y avait un courant d'air et une forte odeur de peinture. Et quelques notes d'amande amère, qu'il ne remarqua pas.

Il alluma la lumière. La chambre venait d'être rafraîchie. Les murs étaient peints dans un bleu profond. Un store blanc, tout neuf, battait au vent, qui soufflait par la fenêtre grande ouverte. Il remarqua la présence d'un lit simple couvert d'un dessus-de-lit crème, en chenille de coton. De toute évidence, personne n'y avait dormi. Il y avait également un chevet, une lampe et une petite commode, dont il ouvrit chacun des tiroirs.

En bas, dans la cuisine, Joan fixait, d'un air absent, l'écran de télévision. Un épisode d'Hercule Poirot passait sur l'une des chaînes. Elle zappa et tomba sur un autre Agatha Christie – Miss Marple, cette fois. Elle s'empressa de changer. L'acteur John Thaw, dans *Inspecteur Morse*, se trouvait devant une tombe, dont on déterrait le cercueil. Elle zappa et tomba sur *Sherlock Holmes*, joué par Basil Rathbone.

Arrête ton cirque, salopard, songea-t-elle.

Elle décida de regarder BBC1. Ce serait la fin du journal de 18 heures.

Victor apparut à l'écran, tout sourire. Elle allait changer de chaîne quand le présentateur du JT déclara :

— La police du Sussex considère comme très inquiétante la disparition de Victor Smiley, un diabétique qui n'a pas été vu depuis plusieurs jours.

Elle éteignit la télévision.

Son cœur battait à tout rompre.

Quelques instants plus tard, le lieutenant Badger entra dans la cuisine en tenant un livret bordeaux, dans ses mains gantées.

— Il semblerait que ce soit le passeport de votre époux. Je l'ai trouvé dans un secrétaire, dans la chambre de devant, qui, j'imagine, lui sert de bureau.

— Formidable ! s'écria-t-elle. Quel soulagement ! Je l'ai cherché partout.

— Pas partout, visiblement.

Avant qu'elle eût le temps de répondre, un autre agent, vêtu d'un gilet noir floqué « officier spécialisé », entra dans la cuisine. Il tenait le téléphone portable de Victor à la main.

— Ceci doit être le mobile de votre mari, madame Smiley. Je viens de vérifier le numéro.

— Incroyable ! Où l'avez-vous trouvé ?

— Dans un tiroir de la console qui se trouve dans l'entrée.

— Ça alors ! Je pensais avoir regardé partout.

— Pas partout, apparemment, répéta-t-il.

— Non, soupira-t-elle. Bien joué !

Le lieutenant ne la quittait pas des yeux. Elle avait l'estomac en bouillie, comme si ses intestins s'étaient transformés en serpents enragés.

Le commandant Brett entra dans la cuisine.

— Nous aimerions sortir l'Opel Astra du garage. Pourriez-vous nous donner les clés du véhicule ?

Elles se trouvaient devant elle, sur la table de la cuisine, derrière le sachet de crevettes cocktail.

— Je pense que mon mari est parti avec, dit-elle.

Puis elle se rendit compte que l'enquêteur fixait le trousseau.

— Ah, non ! Elles sont là. Quelle surprise !
— Quelle surprise... soupira-t-il.

Joan se rendit jusqu'à la porte intérieure et regarda le commandant ouvrir le garage, puis en sortir la voiture en marche arrière. Et le tableau qu'elle découvrit lui coupa le souffle. Le béton s'était affaissé à l'emplacement des roues, craquelé sur les côtés, et gonflé au centre, comme si le ventre de Victor avait soulevé la dalle.

Non sans inquiétude, elle vit quatre policiers débarquer, armés de pelles, et un cinquième, d'une pioche. Ils retirèrent leur gilet jaune et se mirent à creuser.

Soudain, elle entendit un fredonnement. Le thème des *Briseurs de barrages*. L'air préféré de Victor, qu'il entonnait quand il était heureux.

Il le chantonna pendant toute l'heure où, sous les yeux de Joan, la police exhumait son corps. Petit à petit.

23

Quatre jours plus tard, soit dimanche soir, à 18 heures, Joan fut libérée sous caution. Ce, après trois nuits en garde à vue et une batterie d'interrogatoires avec différents enquêteurs.

Elle prit un taxi pour rentrer chez elle. Pas celui de Don, bien sûr, car lui n'avait pas eu cette chance. Accusé du meurtre de Victor, il se trouvait désormais au centre de détention préventive.

Joan était fière d'elle. Elle méritait un Oscar ! Les enquêteurs avaient, apparemment, cru sa version des faits. Elle leur avait dit que Victor était tombé sur Don quand il était rentré à la maison. Qu'il l'avait attaqué et que Don s'était défendu en lui donnant un coup de marteau. Don l'avait ensuite menacée de dire à la police que c'était elle qui avait tué son mari, sauf si elle gardait le secret. Don avait enterré Victor dans le garage, ce qui était en partie vrai.

Les policiers l'avaient crue. Après avoir exhumé le corps de Victor, ils avaient foncé chez Don et avaient trouvé le marteau, maculé de sang, dans sa boîte à outils. Et l'arme du crime portait ses empreintes.

On l'avertit qu'elle n'était pas pour autant sortie

d'affaire. Elle serait, quasiment à coup sûr, accusée de complicité. Elle serait informée de son chef d'inculpation dans les semaines à venir. Mais avec un bon avocat, elle ferait sûrement de la prison, mais pas longtemps, si le jury la croyait. Et il n'y aurait pas de raison pour que les jurés ne croient pas sa version des faits.

Pour le moment, elle était libre.

Il y a des milliards d'hommes sur cette Terre, songea-t-elle en passant la porte de chez elle. *Don allait sans doute être condamné à perpétuité. Dommage pour lui !*

Elle n'avait que l'embarras du choix : s'inscrire dans une agence matrimoniale, prendre des cours de danse… Sa plus grande joie, c'était d'être débarrassée de Victor.

Si son fantôme s'acharnait, elle ferait appel à un médium.

De toute façon, elle avait l'intention de vendre la maison. Trop de souvenirs. Et elle ne l'avait jamais vraiment aimée. Elle ne s'y était jamais sentie chez elle, à proprement parler.

Quand elle entra, ce sentiment la frappa plus que jamais. Les policiers avaient tout retourné, ces derniers jours. Ils avaient même soulevé les moquettes, déplacé certaines lattes du parquet, effectué des trous dans le mur et creusé dans le jardin, à la recherche de l'arme du crime, qu'ils avaient fini par trouver chez Don.

Elle fonça vers le frigo et se servit un verre de vin, qu'elle remplit à ras bord. Elle le descendit en deux gorgées, le remplit de nouveau et le but. Elle se servit un troisième verre, finissant ainsi la bouteille. Elle était désormais plus qu'un peu éméchée. Elle annonça à voix haute, d'un ton autoritaire :

— Victor, si tu es toujours là, sache que tu peux aller te faire voir !

Elle observa la porte, puis le hall d'entrée, vide. Elle ne voyait plus tout à fait clair. Elle avala une gorgée.

— Tu m'as entendue, Victor ?

Elle n'arrivait plus à articuler. Personne ne lui répondit. Elle rota, s'excusa, et termina son verre. Elle était contente d'avoir récupéré ses vêtements. Elle avait détesté la combinaison en cellulose, informe, qu'elle avait dû porter en détention.

Elle avait faim. Et soif. Heureusement, elle avait une bouteille supplémentaire au frais.

Une heure plus tard, Joan était complètement ivre. Elle tituba jusqu'à sa chambre, à l'étage, se déshabilla, se lava les dents et se laissa tomber dans son lit. Les draps et les oreillers étaient imprégnés de l'odeur de Victor, mais elle n'en avait cure. Elle ferma les yeux et s'endormit.

Soudain, elle fut réveillée par le ronflement le plus assourdissant de tous les temps. Elle serra le poing et frappa Victor de toutes ses forces. Mais son poing cogna contre le matelas. Le ronflement s'accentua.

Terrifiée, elle alluma la lumière.

Le silence se fit.

Elle devait avoir rêvé. Elle éteignit.

Le ronflement reprit de plus belle.

Elle alluma et il cessa instantanément. Pendant quelques minutes, elle resta immobile, le cœur battant.

— OK, dit-elle, message reçu. Je vais dans la chambre d'amis, que tu as repeinte. Je te laisse ronfler tant que tu veux !

Elle s'enveloppa dans la couette et sortit de la pièce. Elle claqua la porte, traversa le couloir et s'enferma dans la petite chambre. Elle ferma la fenêtre, qui était toujours grande ouverte, et tira le store.

Puis elle éteignit la lampe de chevet.

— C'est tellement gentil de ta part, Victor, d'avoir réaménagé cette pièce, murmura-t-elle en se blottissant sous la couverture.

Elle remarqua une légère odeur d'amande, qu'elle trouva plutôt agréable. Beaucoup plus agréable que l'odeur de Victor, d'ailleurs.

Puis, petit à petit, elle plongea, lentement, mais sûrement, dans un sommeil profond, très profond.

Composé par Nord Compo
à Villeneuve-d'Ascq (Nord)

Imprimé en France par

CPI
BRODARD & TAUPIN

à La Flèche (Sarthe)
en septembre 2013

POCKET – 12, avenue d'Italie – 75627 Paris Cedex 13

N° d'impression : 3002322
Dépôt légal : juin 2013
Suite du premier tirage : septembre 2013
S22413/02